転生幼女はお詫びチートで
異世界ごーいんぐまいうぇい
Going My Way
3
高木コン
Kon Takagi

グレウス
グレン
人型にもなれる
古代龍《エンシェントドラゴン》。
セナを気に入り
無理やり従魔になる。
ポラル
クラオル
セナ
元・三十路OL。
幼女に転生して大事な
従魔たちと毎日仲良く
楽しく暮らしている。
登場人物
CHARACTER

アクエス
セナにパパと
呼ばれる水の神。
セナが可愛くて
仕方がない。
エアリル
セナにパパと
呼ばれる風の神。
セナのためなら
なんでもする。
ヤークス
強面の冒険者。
顔に似合わず優しく
セナを気に
かけてくれている。
フォスター
ハーフエルフの冒険者。
見た目は少年だが
成人済みで
弓の名人。

第0話《ゼロ》　これまでの話

自宅のベッドで眠りについた私は、ラノベでよくあるトラ転……ではなく、異世界――エールデテールを管理している神様ズのミスによって日本人として生きていた人生の幕を下ろした。そして誘われるままエールデテールに転生することが決定。打算まみれでパパと呼んだ私を何故か気に入った風の神・エアリル、水の神・アクエスの手で、あれこれと便利スキルを付与され、〝神人《しんじん》〟として生きていくことになった。

街の近くに送ってもらうハズが……またも神様ズのミスにより、呪淵《じゅえん》の森という危険な森で目を覚ました。転生したという記憶を失って。

夢の中だと思い込みたかった私は幼女サイズのボディに四苦八苦しながら魔物と戦ったり、武器を作ったり、後《のち》に従魔となってくれるリスに似たヴァインタミアという種族の魔物――クラオルを助けたり、ガルドさん・ジュードさん・モルトさん・コルトさんの四人組パーティ【黒煙《こくえん》】に助けられたり……と、あれやこれやありつつもなんとか生き延びていた。

魔獣襲撃事件で【黒煙《こくえん》】の四人とは離れ離れとなり、無我夢中で逃げて廃教会に避難。そこを騎士団に保護された。私のことを発見してくれたのはキアーロ国カリダの街の第二騎士団に所属しているフレディ副隊長だ。そこで記憶は取り戻したけど、そのまま騎士団の宿舎でお世話になることになった。

冒険者ギルドに登録し、身分証をゲット。この世界に慣れるために依頼を受け、薬草採取をしたり、魔物と戦ったり、とある家の庭の草刈りをしたり、お店のお手伝いをしたり……依頼とは別だけど、パン屋さんでパンの作り方を教えてもらったりもした。

今のところ、パパ達に付けてもらったスキルのおかげで難なく生活できている。

なのに今では、騎士団を総合的にまとめているブラン団長、フレディ副隊長、パブロさんの三人に過保護なくらい心配性を発揮されている。そんな三人を説き伏せ、なんとか条件付きではあるものの、宿に移れたところである。

第一話　心機一転

昨日いっぱい泣いてスッキリした。今日から新しい環境で冒険者一日目が始まる。まぁ、騎士団の宿舎から宿に移っただけなんだけどね。

【クリーン】をかけてからエアリルの服に着替えて一階に下りる。

「おや、おはよう！　早起きなんだね。すぐに食べるかい？」

「おはよう。ううん、朝の運動してから食べたいから、三十分後くらいにお願いしたいな」

「はいよ！」

了承してくれた女将さんに裏庭への行き方を聞くと、受付けカウンター横のドアから行けると教えてもらえた。ドアから裏庭に出て朝の空気を吸い込む。

すーはー。すーはー。

朝の清澄《せいちょう》な空気で自分の中の淀んだものが出ていく気がする。

うん、頑張れそう。今日から心機一転頑張ろう。とりあえずは一ヶ月。その後はガルドさん達捜しだ。

クラオルと二人で日課のストレッチをこなす。三十分ほどかけてゆっくり解《ほぐ》して宿に戻った。

女将さんの案内で席に座ると料理が運ばれてきた。

「おぉ、モーニングセットだ」

コンソメスープとベーコンエッグと麦パン。ただ、スープは丼サイズ、ベーコンが七枚、目玉焼きは三つ、さらに麦パンも三つ用意されていた。

美味しそうなモーニングセットではあるものの、明らかに量が多い。子供が朝から食べる量じゃない。「足りなかったら言って」って言われたけど、おかわりすることはないと思う。残すのは申し訳ないので、こっそりとお皿を出して食べられない分はしまっちゃおう。お昼ご飯の心配がなくなったね。クラオルは私が作ったパンがいいらしく、ドライフルーツパンを半分ほど。

「おっ！　キレイに食べてくれたね、足りたかい？」

食べ終わったところで女将さんに話しかけられた。

「おなかいっぱいで苦しいくらい。もっと少なくて大丈夫。むしろ残すのもったいないから半分くらいにしてもらえると嬉しい」

「おや、そうかい？　少食なんだねぇ。しかし半分かい……それで本当に足りるのかい？」

女将さんは信じられないと言いたそうな顔をして聞いてきた。

女将さん……残りを昼食に回しても余るほどのボリュームです。この量が毎日だったら無限収納《インベントリ》の中身が増えるだけなのですよ。

「充分！　美味しくて残したくないからお昼ご飯にしようと思ってマジックバッグに入れたの」

「そうかい、そうかい。なら明日から半分で弁当でも作ってあげようか？」

「本当!?」

「あっはっは！　嬉しそうじゃないか。そんなに美味しいって言ってもらえて嬉しいからね。構わないさ。その代わりに皿なり籠《かご》なり用意してくれるかい？」

お弁当の条件が容器だけとはありがたい！

「もちろん！　とっても嬉しい!!　ありがとう！」

「あっはっは！　目が輝いたね！　今日中に用意してくれればいいからね」

「うん！　わかった！」

ちょうど話し終わったタイミングで、他のお客さんが下りてきた。邪魔にならないように私は部屋に戻ろう。お皿を作らねば。

部屋に結界魔法を張ってから空間魔法でコテージのドアを出して中に入る。コテージの木工部屋に行き、無限収納《インベントリ》から呪淵《じゅえん》の森で木刀を作った残りの木材を出した。

まずはお皿だと、木材を魔法で削り、お皿を形作っていく。平らではなく、二、三センチほどの深さのあるお皿を六枚。クラオル用に小さめのお皿も作っちゃおう。表面がツルツルになるようにしっかりと研磨しておいた。

削り終わってから気付く。防水加工ってどうやるんだ？　わからないので実験開始だ。

削ったお皿に水魔法の水を染み込ませて、それが他の水分を弾くイメージを描く。全体に染み込ませてから乾燥させると、コーティングされたようにツヤツヤになった。

確認のために水を出してみると見事に弾く。一発で大成功！　なので残りの五枚とクラオル用のお皿にも同じ処理を施した。

次はスプーンとフォークだ。これも木を削っていく。クラオル用にちゃんと小さいサイズのも作った。製作が終わったスプーンとフォークにも先ほどと同様に防水加工をしたら完成だ。

念のために鑑定してみる。

＊＊＊＊　木のスプーン　＊＊＊＊
セナが心を込めて作ったスプーン／呪淵《じゅえん》の森の木でできており、多量の魔力を含んでいる／セナの魔力が浸透しており、すくった料理の温度を使用者の好みに合わせて調節可能／セナの水魔法コーティングにより、焦げ付かず燃えない／完全防水加工、完全防汚加工／傷付きにくく、耐久性バツグン

わお！　初めてなのにすごいのができちゃった!!　燃えないって……まぁいいか。身内しか使わないしね。

作っている間にお昼近くの時間になっていた。完成品を無限収納《インベントリ》にしまい、宿の部屋に戻ってお昼ご飯タイム。

私は朝残したモーニングセット、クラオルも朝食べたドライフルーツパンの残り半分だ。予想通り、食べ切れなかった。明日からお弁当もあるのに……困ったとき用の保存食だな。


食べ終わった私は宿屋を出て、魔女おばあちゃんのお店へ。

「おばあちゃん、来たよ～！」

「ヒャッヒャッヒャ！　今日はどうしたんじゃ？　ヒャッヒャッヒャ」

「おばあちゃんにプレゼントがあるの！」

「ヒャーッヒャッヒャ。こないだ言ってたやつかのぉ？　ヒャッヒャッヒャ」

「そう、これだよ！」

ドドン！　とガイ兄《にい》が作ってくれた保存箱をカウンターに出す。

中には作った白パン・麦パン・ジャムパン・ナッツパン・ドライフルーツパンとイチゴジャムを入れている。

「ヒャッヒャッヒャ。またすごいものだのぉ、ヒャーッヒャッヒャ」

おばあちゃんは鑑定できるんだろうか？　ガイ兄《にい》が隠蔽《いんぺい》魔法をかけてあるから大丈夫って言ってたんだけど……とりあえず気にしないようにして説明しよう。

「この箱は保存魔法がかかってるから、中のものが腐らないの。これは私が作ったやつじゃないんだけど……中に私が作ったパンとジャムが入ってるからぜひ食べてみて！　ジャム入りのジャムパンは【パネパネ】ってパン屋さんがこれから発売する予定だよ。気に入ってくれると嬉しいな」

「ヒャッヒャッヒャ。ありがとさん。大切に食べよう。箱のことは誰にも言わんから安心していいよ。ヒャッヒャッヒャ」

おぉ！　さすがエスパー!!

「うん、そうしてもらえると助かる」

「ヒャッヒャッヒャ。どれ、こちらもいいものを用意しておいたよ。ヒャーッヒャッヒャ」

そう言っておばあちゃんが持ってきたのは、日本でよく見るガラス製の丸みを帯びた小さめなコップだった。数は三十個くらいある。

なんでコップ？　と私は首を傾げた。

「ヒャッヒャッヒャ。わからんかの？　これは耐熱性じゃよ。ヒャッヒャッヒャ」

「！」

耐熱性!!　プリンを作るときにめっちゃ便利じゃん！

「ヒャーッヒャッヒャ。欲しくなったようじゃのぉ。ヒャッヒャッヒャ」

「うん！　おいくら？」

「ヒャーッヒャッヒャ。全部で銀貨一枚じゃの。ヒャッヒャッヒャ」

「そんなに安くていいの？」

「ヒャーッヒャッヒャ！　お嬢さんだからの。ヒャーッヒャッヒャ」

「それで大丈夫なら買う。はい！」

銀貨を渡すと、おばあちゃんはニッコリと受け取った。

「ヒャッヒャッヒャ。確かに受け取ったよ。ヒャーッヒャッヒャ」

「いつもありがとう！」

お礼を言ってコップを無限収納《インベントリ》にしまう。

再度お礼を伝えておばあちゃんのお店を出た。終始おばあちゃんは笑っていた。

宿に戻り、女将さんにさっき作った木のお皿を渡してから部屋に入る。

依頼を受けるには時間が遅いため、今日は休息日にしちゃおう。ちょうどいいのでパパ達にお手紙を書くことにした。

全員分書き終えると夕食の時間になっていたので、一階に下りて朝の席に座る。朝は他の冒険者がいなかったけど、夜は賑やかだ。

女将さんがさっそく朝食時の半分ほどにしてくれていた。大変ありがたい。それでも私には多いくらいだったよ。

◇　◆　◇

一階に下り、女将さんに挨拶をしてから裏庭に出てクラオルとストレッチだ。朝の新鮮な空気で深呼吸をして、シャキッと覚醒できた。

朝ご飯を食べ終わったところで女将さんからお弁当を受け取った。お皿しか渡してなかったけど、麻袋に入ったパンも一緒にくれた。

お礼を言ってから部屋に戻り、短剣とマジックバッグを装着。

よし。改めて……冒険者をやるのだ！

女将さんに依頼を受けてくることを伝えて部屋の鍵を返し、冒険者ギルドに向かう。

久しぶりな気がするけど一昨日《おととい》くらいにも来たんだよね。気持ちの問題かしら？　依頼は……あぁ、激混み。人が少なくなるまで待っていようかな。

「おい！　……おい、ガキ！」

なんか聞いたことのある声がするなと振り返ると、初日に肩車してくれたお兄さんだった。

「あ、肩車のお兄さん。おはよう！」

「おう！　おはようさん。覚えてたか。また依頼か？」

ニカッと笑いながら片手を上げて挨拶してくれるお兄さん。

お兄さん……その任侠《にんきょう》映画の制作会社からスカウトを受けそうな強面《コワモテ》で笑うとさらに怖いぞ！

「うん。何かあるかなって」

「そうか。また乗せてやるよ」

「わーい！　ありがとう！」

「ほら、よっと！」

前回と同様に私を肩に乗せたお兄さんは、そのままズンズンと依頼書が貼ってある混み合った掲示板に歩いていく。

「Hランクだったよな。そうすると今日は……コレとコレとコレとコレの四つか。……あとは常設依頼だな」

家の掃除にお店のお手伝い。街の清掃に畑のお手伝い。常設依頼は薬草採取と井戸掃除、と前回と変わらなかった。

「うーん……やっぱり薬草採取かなぁ？」

「なんだ？　不満か？」

「ううん。面白い依頼がないかなって思ってただけ」

「面白い依頼か……なら俺達と一緒に討伐依頼に行くか？」

「討伐依頼？」

「ここで話すのは邪魔になるから戻るぞ」

言いながら掲示板から離れ、邪魔にならない場所に移動したところで降ろされた。

「俺達が今回受けるのはスライム討伐だ」

スライム！　これぞ異世界って感じ！

「行ってみたい!!　でも私も一緒に行っても大丈夫なの？」

「うーん……まぁ大丈夫じゃねぇか？」

「お兄さんパーティ組んでるでしょ？　お邪魔じゃない？」

「ぶはっ！　いっちょ前に気遣いやがって！　大丈夫だ、気にすんな」

笑いながらガシガシと頭を撫でてくる。軽く目が回ったぞ。

「依頼、一緒に受けられるか聞いてみる」

「ん？　お前パーティ組んでるのか？」

「ううん。ジョバンニさんに聞くの」

「ジョバンニって……サブマスか？」

「そうだよ！」

「よくわかんねぇけど、サブマスだろ？　呼んでやるよ」

そう言ってからギルド職員に話して呼んでくれた。

「ありがとう！」

「お前じゃちっこすぎて埋もれちまうからな」

またガシガシと頭を撫でられた。撫でられるのは好きだけど、もうちょい手加減お願いします。

クラクラする頭を落ち着けていると、ジョバンニさんが現れた。

「お待たせいたしました。何か問題がありましたか？」

「ジョバンニさん！　おはようございます」

ペコリと挨拶。すると途端にジョバンニさんが笑顔になった。

「セナ様でしたか。おはようございます。どうなさいました？」

「あのね、このお兄さん達と一緒に依頼受けてもいい？」

「依頼ですか……どのような依頼でしょうか？」

「これだ」

お兄さんが依頼書をジョバンニさんに見せる。

「……ふむ。Dランクのスライム間引き討伐でございますか。セナ様ならば魔法が得意ですので大丈夫でしょう。【ガーディアン】の皆さんと一緒でしたら受理可能ですね」

強面《コワモテ》お兄さんのパーティはガーディアンというらしい。

「本当？　Hランクでも行ける？」

「はい、大丈夫です。パーティランクはパーティの平均とルールで決めてありますが、正式なパーティではなく、引率や合同ということならば私《わたくし》の権限で許可を出せます。【ガーディアン】の皆さんはCランクですし」

Cランクだったんだ！　ベテランさんだね！

「大丈夫なら頼むぜ」

「かしこまりました。セナ様、ギルドカードを渡してもらってよろしいでしょうか？」

「はい！」

「承《うけたまわ》りました。処理して参りますので少々お待ちください」

私が渡したカードを持って、ジョバンニさんはカウンターの中に入っていった。

「お待たせいたしました。セナ様のギルドカードをお返しいたします。しっかりと受注処理いたしましたのでご安心ください。【ガーディアン】の皆様、セナ様をよろしくお願いいたします」

私にギルドカードを返すと、ジョバンニさんがお兄さんに頭を下げた。

(ここにも保護者が！)

「任せろ」

なんでもないようにお兄さんがジョバンニさんに言ってくれた。

「迷惑かけないように頑張るね！」

「はい。ではいってらっしゃいませ」

「いってきまーす！」

微笑んで見送るジョバンニさんに手を振って、お兄さんと一緒にギルドを出た。

「馬車を使う。今、俺の仲間が馬車を借りに行ってる。討伐場所は北門を出た先にある湖だ」

「はーい！」

ギルドの近くの馬車エリアで、話しながらお兄さんのパーティメンバーを待つ。十分ほど経ったとき、アレだとお兄さんがとある馬車を指差した。簡素ながらも屋根がある馬車だった。

近付くにつれて馬車の中の声が聞こえてくる。

「ちょっと！　ヤークスが女の子、誘拐してきてるよ！」

「えぇ⁉　人を殺してそうな顔面でも犯罪はしないと思ってたのに！」

私達の前に着いた馬車からバタバタと三人が降りてきた。

一番声が大きかったのは、鎧を着たクマ耳のソフトマッチョなお姉さん。小顔で可愛い。

からかい交じりに返していたのは、ホンワカした雰囲気で白いローブを着た、木製の杖を持っているお兄さん。フツメン。

最後の一人は背中の大きな弓が目立つ、狩人スタイルの男の子。とんがった耳が特徴的で、他の三人より少々若く、中学生くらいに見える。美少年だ。エルフかな？

「とりあえず乗るから持ち上げるぞ」

強面《コワモテ》お兄さんはパーティメンバーに反応することなく、私を持ち上げ馬車に乗り込んだ。メンバーの三人はお兄さんの様子に目を丸くしながらワタワタと続く。強面《コワモテ》お兄さんは背が高いからか、気持ち縮こまって座り、私はその隣にちょこんと降ろされた。向かい側に白いローブのお兄さんとクマ耳お姉さんが並んでいる。結構ミチミチだ。

御者《ぎょしゃ》は中学生くらいの男の子がするみたいで、彼は中に入らなかった。ただ御者《ぎょしゃ》席との壁がないので、中から彼の背中が見える。

「北門だ」

強面《コワモテ》お兄さんが告げると馬車が動き出した。

「いやいや、ちょっと！　すんなりこの子も乗っちゃったけど、さすがに誘拐はまずいって！」

馬車が出発してすぐ、クマ耳お姉さんが反応を返さない強面《コワモテ》お兄さんの腕をバシバシと乱暴に叩き始めた。

「どんなに人殺しみたいな凶悪なツラをしてても犯罪だけはしないと思ってたのに……」

シクシクと泣きマネをする白いローブのお兄さん。

「お前はそういう趣味だったんだな……」

中学生くらいの男の子まで強面《コワモテ》お兄さんに冷たい視線を向けている。

このパーティ面白い！　強面《コワモテ》お兄さんは弄《いじ》られキャラみたいだ。ガルドさんもそうだったけど、強面《コワモテ》の人はよく弄《いじ》られるんだろうか？　っていうか自己紹介しなくていいのかな？

「だぁーーー！　うるせぇ！　ちげぇよ！」

私がタイミングを窺《うかが》っている間に、ついに耐えきれなくなったのかお兄さんが叫んだ。

「一緒に依頼受けることになったから連れてきただけだ」

フンっと拗《す》ねた顔をして強面《コワモテ》お兄さんが言う。

「依頼……え!?　依頼ってスライム討伐の!?」

「そうだ」

驚きの声を上げたクマ耳お姉さんに、強面《コワモテ》お兄さんは頷いた。

「可愛いのはわかるけど誘拐はダメだって！」

「だから誘拐なんかじゃねぇって言ってんだろうが！」

クマ耳お姉さんと強面《コワモテ》お兄さんが言い争っているのを気にも留めず、白いローブのお兄さんが話しかけてきた。

「ねぇねぇ、キミのお名前はなんて言うの？」

「私はセナだよ。お邪魔しちゃってごめんなさい」

立つと振動でよろけるので座ったまま頭を下げる。

「ほら。お前がピーチクパーチクうるせぇからこいつが気にしちまったじゃねぇか！」

「なんだって⁉　あたしのせいだって言うの⁉」

強面《コワモテ》お兄さんにクマ耳お姉さんが反論して、また言い合いが激化してしまった。

自己紹介がなかなかできないなと思っていたとき、振り向いた御者《ぎょしゃ》のイケメン少年と目が合った。

「うるせぇ」

たった一言で、騒いでいた二人に効果てきめん。

（美少年恐るべし！）

北門に着くと、全員のギルドカードをチェックするとのことで、私のも提出。クマ耳お姉さんに門を過ぎてから十分ほど経ったとき、ローブのお兄さんがパンッ！　と手を叩いた。

「ホントに登録してるんだ……」って言われちゃった。そんなに意外かね？

「さすがにそろそろ自己紹介しない？　セナちゃんだよね。僕の名前はロナウドだよ。ヒーラーなんだ」

ローブのお兄さん、ありがとう。ナイスです！

「お前セナって名前なのか。そういやサブマスが呼んでたな。オレはヤークスだ」

ローブのお兄さんに続いて強面《コワモテ》お兄さんも自己紹介してくれた。

ヤークスさんか。ヤーさんだね。顔と名前がピッタリだ。ヤーさんと呼ばせてもらおう。

「あたしはガルダ。ヤークスに何かされたらぶん殴ってやるからね。見てわかる通り、熊族さ」

「俺はフォスターだ。見た目は子供だが十七だ‼　成人している！」

クマ耳お姉さんは自分の耳を指差し、中学生くらいの男の子は年齢のところでやたら力を込めていた。

(見た目十二、三歳だもんね。この世界の成人は十五歳。気にしてるのか)

ロナウドさん、ガルダさん、ヤーさん、フォスターさんね。よし、覚えた。ここでハーフエルフに出会えるとはちょっと感動だわ。ハーフでも美人さんなのね。

「私はセナ、この子はクラオルです。お邪魔しちゃってごめんなさい。Hランクですが足を引っ張らないように頑張りますのでよろしくお願いします」

頭を下げて挨拶をする。もう遅いかもしれないけど最初が肝心だからね。

「敬語じゃなくていいよ！　しっかしよくこの顔面凶器と一緒に受けようと思ったね？　ほとんどの子供は泣き叫ぶのに。怖くない？」

クマ耳お姉さん改めガルダさんが不思議そうに聞いてきた。

「泣くどころか初めて会ったとき、声かけたらキョトンとしてたぞ」

「えっ？　今日が初対面じゃないの？　どういうことよ？」

「やはりそういう趣味だったのか……犯罪はやめろ」

ヤーさんのセリフにガルダさんが詰め寄り、フォスターさんが呆れたように呟く。

「だぁー！　ちげぇって言ってんだろ！」

そんな二人にヤーさんが噛み付くように叫んだ。

これまた説明うやむやパターンな気がする。落ち着かせようと四人に果実水を出して渡し、静かになったところでヤーさんに会ったときのことと今日のことを説明した。

「すごいねぇ。ヤークスの説明よりわかりやすい」

ロナウドさんが私の頭を撫でる。手つきが優しすぎてちょっとくすぐったい。

「そうだ！　前に使ったあの魔法なんだよ？　すげぇキレイになるわ、いい匂いがするわ、こいつらにどこ行ったんだって怪しまれたんだぞ！」

「「「あぁ！　あのときか！」」」

「え？　ただの【クリーン】だよ？」

「「「は？」」」

「お礼できるものがなかったから、勝手に【クリーン】かけちゃったんだ。ごめんなさい」

「い、いや。それはいいんだが。ただの【クリーン】か？」

「うん。いつもかけてるのと同じだもん。ね？　クラオル」

クラオルはみんながわかりやすいように大きく頷いてくれた。

「僕にもやってもらえないかな？」

ロナウドさんに言われ、返事をして【クリーン】を展開。

「すごい……ホントにキレイになった。ありがとう」

「あたしも、あたしも！」

ガルダさんがはい！　っと手を上げるので、ガルダさんにもかけてあげる。ついでにこの前ほどじゃないものの、今日もちょっと汗臭《くさ》いのでヤーさんにもかけちゃった。うん。全体的に汗臭《くさ》かった馬車の中がいい匂いになった。フォスターさんが目線で俺もって言ってる気がするけど、立つとよろけるから後ででお願いします！

【クリーン】って生活魔法だからみんな使えるんじゃないのかと聞くと、使えるけどこんなにキレイにならないんだって。多分イメージの違いじゃないかな？　【黒煙《こくえん》】のみんなも騎士団のみんなも臭《くさ》くなかったからね！

話をしている間に湖の近くの森に着いた。木に馬車を繋いで、ここからは歩いて湖に向かうらしい。馬車を降りたところで拗《す》ねていたフォスターさんにも【クリーン】をかけてあげた。機嫌が治ったみたい。嬉しそうにお礼を言われた。

話題が落ち着いたところで、歩き始めた。私は頭の中にマップを出して場所を確認する。うん。この先に湖があるけど、辺り一帯、魔物の気配がわんさかだ。

先頭にヤーさんとガルダさん。真ん中にロナウドさん。一番後ろにフォスターさん。みんなに遅れないように小走りで付いていく。

途中でフォスターさんが近寄ってきて、なんだろうと首を傾げた。

「お前アイテムボックス持ちなんだろ？」

何故バレた？　マジックバッグを使ってるように見せてたのに。

「俺の兄が王都で魔法を研究している。その影響で俺も魔法が得意だ。魔力の使用法でわかる。他のやつらはわからないくらいの微々たる違いだけどな。そのままこれから先もずっとマジックバッグを使ってるように見せた方がお前のためだ」

「え？」

「レアなスキルを持っているやつと子供を作ると、そのスキルを受け継いだ子供が生まれると根拠のないことを信じているやつらが未だにいる。権力を使って囲い込もうとする貴族もいる。気を付けるに越したことはない」

なんですと⁉　そんなこと聞いてない！　貴族ろくなもんじゃゃねぇぇぇ！　そもそも恋愛なんかするつもりもないし、貴族に絡まれるとか邪魔でしかない。その情報を知ってるのと知らないのって大きな違いだよ！

「わかったみたいだな。俺も知らないことにするから安心しろ」

フォスターさんはフッと笑って私の頭を撫でた。

「フォスターさん、ありがとう！」

ニッコリとお礼を言うと若干顔を赤くしてまた頭を撫でてくれた。

それからしばらく、私が小走りなことに気付いたロナウドさんがヤーさんに言って、ヤーさんの肩に乗せられた。ギルドのときと同じで、肩車じゃなくて右肩に。全く重みを感じていないかのように平然としているところがプロレスラーっぽい。

「あとどれくらいだ？」

「あと一キロってところだな」

ヤーさんがフォスターさんに聞き、フォスターさんが答える。

うん。一キロないくらいだね。

「なら走るか」

そう言うなり、メンバーの意見も聞かずにヤーさんは走り始めた。

ふぉぉぉ！　ジェットコースターみたい！　楽しい！

数分で湖の手前に到着。湖の周りは少し開《ひら》けていて、その周りには森が広がっている。湖の周りをプルンとしたボディを震わせながら大中小とさまざまなスライムが蠢《うごめ》いていた。色の濃さや透明度は違うが全て紫色で、大きめなのは三十センチ以上、小さいのは五センチくらい。

「ポイズンスライムじゃねぇか！　しかも想像以上の数だぞ……」

ヤーさんが驚きの声を上げた。

ポイズンスライムか。色から想像できるね。わかりやすい。毒を使うのかな？　触れなければ大丈夫なのかな？

「((ねぇ、クラオルは毒やばい？))」

『((大丈夫よ。ガイア様が耐性強化してくれたから無効のハズだわ。安心してちょうだい))』

クラオルは大丈夫かどうか念話で確認する。

よかった。もし毒の攻撃をされても大丈夫ってことだね。

「スライムは真ん中らへんにある核を攻撃して倒すんだぞ」

ヤーさんが私を肩から降ろしながら教えてくれた。

なるほど。あの色が濃いやつかな？　プルンプルンしてるし、こんなジメジメした場所に生息しているあたり水分を好むのかな……そしたら水魔法は使わない方がよさそうだね。

「全員準備はいいか？」

ヤーさんの言葉にパーティメンバーは武器を構えて頷いた。

「とりあえず数を減らす。お前はケガしないように隠れてろ。毒はロナウドが解毒できるからな。行くぞっ！」

ヤーさんとガルダさんが突っ込んでいった。そのすぐ後ろにはロナウドさん。フォスターさんは木に登って弓で援護するらしい。

んー、私はどうしようかな？

とりあえずフォスターさんの近くの木に登って、フォスターさん同様、弓を構えて援護する。

パパ達からもらったこの弓は魔力で矢を形成する魔法武器。ちゃんと矢がある弓もあるけど、こっちの方が何本も一気に放てるので楽だ。ただ単に無限収納《インベントリ》で弓！　って思って出てきたのがコレだったってオチなんだけど。持った瞬間使い方がわかるとか素敵なチート！

ヤーさん達は結構危ない戦い方をしていた。目の前の敵をひたすら倒していくスタイル。つまり力押し。ヒーラーと言っていたロナウドさんも杖でスライムを殴っている。まさかの物理攻撃！フォスターさんがいなければ、まだ五分も経っていないのに確実にケガをしていただろう。フォスターさんは弓がとても上手い。さすがエルフ！　ハーフだけど。フォスターさんが大変にならないように援護していく。

しばらくして、核を引っこ抜いたらスライムはどうなるんだろうとふと気になった。

「((ねぇ、核を攻撃して倒すのはわかるんだけど、スライムから核を引っこ抜いたらどうなるの?))」

『((また不思議なことを考えるわね。そんな話は聞いたことがないわ))』

クラオルに念話で聞いてみてもわからないらしい。

ふーむ。わからないなら試してみればいいじゃない!　ってことで早速フォスターさんに任せることを伝えて木を下りた。だいぶ減らしたからフォスターさんの腕があればもう大丈夫でしょう。

さてさてスライムは……いたいた。

発見したスライムに近付くと、一メートルくらい手前でモヤッとした紫色の煙を出してきた。

「これは毒かな?」

効かないから毒かどうかはわからない。ただ視界が悪くなっただけだった。

気にせずにスタスタと近付いてズボッとスライムのボディに手を突っ込む。勝手に動くゼリーに手を突っ込んでいるような感覚だった。モニャモニャと動いている。核と思《おぼ》しき石みたいなものをズボッと引き抜くとゼリーは溶けてなくなってしまった。

核は紫色に光る石みたい。地面に置いてつんつんしてみても復活しない。水魔法で水をかけてみても復活しない。ちゃんと倒せたらしい。

さっき弓でフォローしていたときに見たのは、普通の石ころみたいな色の核だった気がする。

『何よコレ。こんなの見たことないわ!　魔力がそのままじゃないの』

「そうなの?　なんでだろうね?　今のスライムだけかもしれないから他にも取ってみようか」

クラオルと話してからスライムを探すとすぐ見つかった。さすが大量討伐依頼。またズボッとスライムのボディに手を突っ込んで核を引き抜く。モヤモヤと毒の煙を吐きまくるため、周りが見にくい。風魔法でモヤを飛ばしていく。引き抜いた核を見てみると、やっぱり紫色に光っていた。

何匹も試して、核は十個ほどになったけど、全部紫色に光っている。比較のために普通に倒した核も集めよう。

弓を構えてパシッパシッと射り、倒し終わった核を拾い集める。普通に倒したのはやはり灰色で普通の石ころみたい。

なんで色が違うんだろうと思いつつ、とりあえずヤーさん達のところへ戻ることにした。

「どこに行ってた？」

私を見つけて木から飛び下りたフォスターさんが聞いてきた。

「ちょっとあっちに……」

――ドスンッ！

話している途中で、突然地面が波打つようにグラグラ揺れ始めた。

「ひゃっ！」

「おわっ！　っと大丈夫か？」

ガシッと抱きしめられて倒れずに済んだ。

「ありがとう……」

近くで見つめるとますますイケメン。うわぁ……お肌キレイ！　眼福です。

私が見つめているとどんどん顔が赤くなっていくフォスターさん。恥ずかしがり屋さんですね。

「――っ！　大丈夫なら離れてくれっ！」

フォスターさんにバッと身体を離された。

あ、すみません。美顔に夢中でした。

「しかし、なんだったんだ？」

遠くから強そうな魔物が近付いてきていたせいなんだけど、途中で止まったんだよね。ただ彼らは気付いていないみたいだし、教えたら戦いに行くと言いそうだからやめておく。力押しの彼らが勝てるかどうかはわからない。これ以上近付いてこないみたいだし、言わなくてもいいだろう。

「さぁ？　なんだろうね」

誤魔化していたら、ヤーさん達が戻ってきた。

「大丈夫か!?」

「フォスターさんが支えてくれたから大丈夫だったよ！」

「ならよかった。結構倒したからもういいだろう。スライムの核集めを手伝ってくれ」

ヤーさんに言われて彼らが倒したスライムの核を拾って集める。これが討伐依頼の証明になるらしい。今回の依頼は数を減らすことで殲滅《せんめつ》じゃないから、そこそこ倒したらそれでいいんだって。

そんな楽な依頼もあるのね。ちなみに、私が参加できなかったんじゃないかと心配したヤーさんによって、討伐レクチャーがあったよ。

キチンと全部拾い終えてから馬車に戻る。時間がお昼を過ぎていたため、街に向かう前に馬車の近くで昼食になった。

私は作ってもらったお弁当。ヤーさん達は黒パン数個と干し肉だった。黒パンは食べたことがない。申し訳ないが、硬そうでとてもじゃないけど美味しそうには見えない。干し肉も料理で出汁《だし》に使っているものの、日本のジャーキーより硬いんだよね。

この世界の冒険者のご飯はだいたいこの二つらしく、泊まりなんかになると焚き火で串焼きとかを作るそう。冒険者の顎の強靭《きょうじん》具合に驚きだよ。

この世界に来てから一番最初に会ったガルドさん達【黒煙《こくえん》】のみんなは別格だったことを知り、最初に会ったのが【黒煙《こくえん》】のみんなでよかったと心から実感した。

朝食の半分とはいえ、お弁当も多いのでみんなにも食べてもらう。みんなは私の食べる量を気にしていたけど、黒パンと干し肉じゃ足りなかったのか、ちょっと嬉しそうだった。

食べ終わったら出発だ。帰りの御者《ぎょしゃ》はガルダさんみたい。

「さっきは助かった。お前……いや。セナは弓が上手いんだな」

「フォスターさんも弓上手だね！」

「俺は……こいつらのフォローで鍛えられたからな……」

遠い目をしながらフォスターさんが言う。

うん。なんとなくそうだろうなって思ってた。大変だね。頑張ってください！

帰りの道中はガルダさんとヤーさんの言い争いがなかったため、いろいろと話せた。みんなは幼なじみなんだって。

いいね！　そういう関係！　そのうちガルダさんを取り合うのかもしれない。ぐふふ。

美味しいパン屋さんの話になったので、パン作りを教えてくれたクライン少年の実家【パネパネ】を教えてあげた。新商品が出たんだよって。今度みんな行ってみるらしい。

ワイワイと話していると北門に到着。またギルドカードを提出してから街の中に入った。行きは大丈夫だったのに、石畳の段差で辻馬車に乗ったときみたいに体がポンッポンッと跳ねる、跳ねる。

「おい、ガルダ。もっと丁寧に操縦しろ」

「はぁ？　いつも通りでしょうが！」

フォスターさんが注意すると、ガルダさんが噛みついた。ガルダさんはケンカっ早いみたい。ケンカ腰で返すことが多い。

「……ハァ。こっちにこい」

フォスターさんはため息をついて私を膝の上に横座りさせた。

「これなら跳ねずに済むだろう」

しっかりと腰を支えてくれて安定している。お礼を伝えると頭を撫でられた。

フォスターさんは御者《ぎょしゃ》も上手いのか。確かに行きは普通に座ってられたもんね。

話している間にギルドに到着。ヤーさんとフォスターさんがギルドで報告し、ガルダさんとロナウドさんは馬車の返却に行くらしい。私はもちろんギルドに付いていく。

ちょうど帰りの時間なのか、中は混み合っていた。

職員にヤーさんが話しかけ、ジョバンニさんを呼んでもらう。すぐに来てくれたジョバンニさんは私の前でしゃがんで手を広げた。今回も運んでくれるってことですね。遠慮なく抱きついた私の行動にヤーさんとフォスターさんは驚いた表情のまま付いてきた。

ジョバンニさんは執務室のソファに私を下ろすとすぐに紅茶を淹《い》れてくれた。私はニコニコと紅茶に舌鼓を打つ。

「な、なんだこの対応は……」

ヤーさんは緊張しているらしい。強張った強面《コワモテ》が迫力を増している。

「いつもこうだよ？　ね？」

「はい。セナ様は一階ですと他の冒険者に埋もれてしまいますので。紅茶は落ち着くようにと。お二人もどうぞ」

「では遠慮なくもらおう」

ヤーさんとは違って、フォスターさんはすぐに落ち着きを取り戻し、紅茶を飲み始めた。

「依頼はどうでしたか？」

「あ、あぁ。済ませてきた。討伐証明はフォスターのマジックバッグに入っている」

ジョバンニさんの質問に答えたのはヤーさん。気を取り直したみたい。

「ではコチラの箱にお願いいたします」

ジョバンニさんが部屋に準備してあった箱を示すと、フォスターさんがマジックバッグからガラガラとスライムの核を箱に出していく。

「すごい量ですね。それにコレは……ポイズンスライム……全てポイズンスライムでしたか？」

「あぁ。全部ポイズンスライムだった。だが殲滅《せんめつ》には至っていない。結構数は減らせたと思う。セナのおかげだ」

フォスターさんが私を見ながら言う。

「へ？　私？　スライムに突撃して蹴散らしてたのはヤーさん達だよ？」

「こいつらがいつも通り突っ込んでいったのをフォローしてたんだ。セナの弓は大したもんだな」

フォスターさんってこういうキャラなの？　クール系で人を褒めたりしないかと思ってたよ！

「セナ様は弓も扱えるのですね」

ジョバンニさんが感心したように呟いた。

「弓がすごいのはフォスターさんだよ！　百発百中！」

フォスターさんを褒めると「それは言いすぎだ」と顔を赤くしていた。

「ふふっ。ではコチラを鑑定に出してきますので少々お待ちください」

ジョバンニさんはスライムの核の入った箱を抱えて出ていった。

「なぁ、ヤーさんってオレのことか？」

ん？

「さっき言ってただろ？〝スライムに突撃して蹴散らしてたのはヤーさん達だ〟って」

あ。心の中で勝手に呼んでいたまま言っちゃったのか。

「ダメだった？」

ダメならちゃんと呼ぶように気を付けよう。

「いや、構わねぇよ。ヤーさんか……初めて呼ばれたな」

おそらく嬉しいんだろう。でもね、そのニヤニヤ顔は〝どう拷問《ごうもん》してやろうか〟って考えてる顔だよ！　子供泣いちゃうよ！

「ヤークス、顔がヤバい」

「なんだと⁉」

フォスターさんが引いた顔で告げた言葉にヤーさんが反応したとき、部屋にノック音が響いた。

「お待たせいたしました。鑑定が終わりま……どうかなさいましたか？」

「「いえ！」」

取り繕うように同じ返事をする二人に笑ってしまう。確かに説明しづらいもんね。

「そうですか……では。ポイズンスライム二百六十七匹でした。こちら報酬の金貨五枚と追加報酬の金貨二枚になります。分け方はどうなさいますか？」

「私は別にいらないよ。馬車とか用意してくれたのもヤーさん達だし、大したことしてないもん。本当に付いていっただけだからね」

「ダメだ」

揉める原因になりそうだと思って私が言うと、間髪を容れずにフォスターさんが答えた。

何故？　普通、報酬増えるって喜ぶもんじゃないの？

「セナがいなければヤークス達はケガをしていた。弓三発同時撃ちしていただろ」

あぁ……一気に撃てば楽じゃん！　って撃ってたのバレてる……

「ドウダッタカナー」

「下手な誤魔化し方するな。だから報酬なしなんてありえない。そうだな……セナが少なめだとして金貨一枚と銀貨二枚でどうだ？」

目を逸らした私にフォスターさんが提案してきた。

「そんなにもらえないよ！」

「決定だな。サブマス、それで頼む。俺達はいつも通り四人で割ってくれ」

「かしこまりました。ではえぇと……」

ジョバンニさんがブツブツと計算し始めたものの、なかなか終わらない。

「……五万八千を四等分したら一万四千五百だから、一人につき金貨一枚と銀貨四枚と銅貨五枚だよ」

あまりに悩んでいるので口を出してしまった。

「お前計算できるのか⁉」

ヤーさんがすごい勢いで驚いた。フォスターさんは口を開けたまま固まっている。そんな驚くこと⁇

「本当に私が金貨一枚と銀貨二枚もらって大丈夫なら、残りのお金を計算するとそうなるよ」

「さすがセナ様ですね。ではギルドカードをお預かりいたします。はい。【ガーディアン】の四名様のとセナ様のものを確かに受け取りました。【ガーディアン】の皆様はいつも通りカードに入金でよろしいでしょうか？」

「「あぁ」」

二人は放心状態のまま。大丈夫かな？

「セナ様はどうなさいますか？　現金にいたしますか？」

「うん！　さすがジョバンニさん！」

ジョバンニさんはニッコリと笑みを浮かべ、カチカチと機械をいじりながらギルドカードを差し込んだ。

「はい。皆様の依頼達成と入金の処理が終わりました。こちら【ガーディアン】四名のギルドカードで、こちらがセナ様のカードと報酬になります」

「はーい。ありがとう！」

「以上で終わりになりますが、セナ様はランクアップの件で少し残っていただきたいです」

「わかった」

ちょうどいいから、さっきの森とスライムの核の話をしちゃおう。

ヤーさんとフォスターさんは二人を待たせているから帰るらしい。またねぇ～！　と手を振ってバイバイした。

ヤーさんとフォスターさんが退室すると、ジョバンニさんが新しく紅茶を淹《い》れてくれた。

「さて、セナ様は今回、Cランクパーティと合同とはいえ、Dランクの依頼を受けたことになります。セナ様の実力を考えてランクアップしませんか？」

「ランクアップして絡まれたりしない？」

「セナ様のランクアップはとても早いですが、先ほどの発言から【ガーディアン】に認められたということになりますので」

ん？　どこを取ったらそうなるの？

「フォスターさんが〝セナがいなければヤークス達はケガをしていた〟と言っていたでしょう。そして報酬もセナ様はいらないとおっしゃいましたが、フォスターさん達自らほぼ同額を指定しました。この二点からです」

マジか……

マジか……

「実力も申し分ありませんし、セナ様にはそもそもランクアップを勧めようと思っていたのです」

「ランクアップしませんか？」

「うーん……そこまで言うならいいよ」

「ありがとうございます。Cランクパーティのお墨付きがありますので、冒険者に絡まれることは少ないと思います」

冒険者にね。まぁ、まだ低ランクで貴族が出てくることはないだろうし大丈夫かな？　フォスターさんに衝撃の事実を聞いちゃったから貴族とお金持ちには要注意しないと。

「ではまたギルドカードをお預かりしてもよろしいでしょうか？」

「はーい」

「……はい、できました。これからはGランクになります」

「ありがとう」

森のこととスライムの核の話をしたいんだけど、誰かドアの前で聞いてるんだよね。防音の結界張ろうかな？　その前にジョバンニさんに教えなきゃだよね。

無限収納《インベントリ》から紙とペンを出して書いていく。

「ねぇねぇ。ジョバンニさんはパン好き？」

――普通に話しながらこれ読める？

「はい、好きですよ」

ジョバンニさんは声色は穏やかなのに真剣な様子で頷いた。器用だな……

「ナッツとドライフルーツは好き？」

――ドアの外で誰かが聞いているの。防音の結界を張ってもいい？　報告があるの。

「はい。両方とも好きですね。甘いものも好きですので」

再び頷いたジョバンニさんを見て、私は結界を二種類張った。防音と防護だ。前にパブロさんが盗聴の話をしてたからね。ぶっつけ本番で完璧とは断言できないけれど。キィンッと音が鳴り、発動したことは確実だ。

「ふぅ。もう大丈夫。多分成功したと思う」

「ありがとうございます。まだ聞いているんでしょうか？」

「ううん。結界魔法を張った瞬間、バレたとわかったみたいですぐにいなくなったよ」

「そうですか……ちなみにどんな人かわかりますか？」

「うーん……大して魔力量は多くなさそうだけど……」

『オークみたいなやつよ！』

「え？　オーク？」

『そうよ！　主様がオークの肉を見てブタニクって言ってた、あのオークよ！』

「えっと……クラオルが言うにはオークみたいなヤツらしいです」

「オーク……オーク……なるほど。ありがとうございます」

え……通じちゃうの？

「それで、報告というのを聞いてもよろしいでしょうか？」

「あ、うん。えっとね、あの湖に狩った数の三倍以上のスライムがいたことと、森の奥の方にすごく強そうな気配がしたの。近付いてきたら戦うことになったんだけど……こっちに向かってきたと思ったら、途中で止まって動かなかったからそのまま放置しちゃったんだよね」

「三倍ですか……なるほど。危険だと判断したということですね。そして【ガーディアン】では厳しいかもしれないと」

「そう。初心者が何言ってんだって思うだろうけど、ヤーさん達は力押し。フォスターさんのフォローがなかったらあのスライム相手でもケガしてたと思う。ただ、仲よしだから仲間割れするようなことは言いたくなくて」

「そうですね……【ガーディアン】は物理率が高いですからね……彼らは依頼を受ける際、よく相談の上、フォスターさんの助言を聞いて決めているので、突発的に何か起きない限りは大丈夫だと思います。彼らは幼いころから地道にランクを上げてきているのです」

ジョバンニさんもわかってたのか……彼らは脳筋集団だと。

「しかし、何かあった際はわかりませんのでセナ様の判断に感謝いたします」

頭を下げたジョバンニさんに焦る。そんなことをさせたかったワケじゃないんですよ。

「いやいや。大したことしてないから！　その強いやつがいたから、あの依頼書を貼るときに気を付けてほしいってことと、もう一つあって……」

私はスライムの核二種類をテーブルの上に載せる。

「これは……先ほどと同様のスライムの核ですね。ですが、こっちは……？」

「これ、二つともスライムの核なの」

「こちらもですか？」

「そう」

「どうやって手に入れたか聞いてもよろしいでしょうか？」

「んとね、スライムの体に手を突っ込んで核だけ引き抜いたの」

「はい？」

ジョバンニさんは理解できないとばかりに首を傾げた。

「こうズボッと突っ込んで、核を掴んで勢いよく引き抜いたの」

ジェスチャーをしながら再度説明する。

「えぇっと……どうしてそうなったのか聞いても？」

「んとね、核を攻撃して倒すって聞いて、核がなくなったらどうなるのかな？　って思って実験したの」

「そんな危険なことをしたのですか⁉」

うお！　ビックリした……いきなり身を乗り出さないでほしい……

「ゴホンッ。いいですか。スライムの体には消化液が含まれており、触れたものを溶かしてしまうのです。しかもこちらはポイズンスライム。毒を含んでいて大変危険なのですよ？　ケガはしていませんか？　何事も気になる年齢だとは思いますが、もっと気を付けてください」

ジョバンニさんは怒りのオーラを纏っている。

耐性持ってるし、大丈夫だからやったんだけど……そういえば私、五歳児だった。

「……うん。ケガは大丈夫」

「セナ様の身に何かあればセナ様が何を言ったとしても、一緒にいた【ガーディアン】の責任になったでしょう。それに……セナ様の心配をしている者が悲しみます」

なんてこった！　それは困る。勝手にやったことだからね。心配してくれてるのは騎士団のみんなか……心配性に拍車がかかりそうだ。

「はい。気を付けます。ごめんなさい」

「私《わたくし》もとても心配していますので、もっとご自身を大切にしてくださいね」

ショボンと肩を落とした私にジョバンニさんは優しい顔になった。

「はい」

「ですが、こちら貴重な資料として買い取らせていただいてもよろしいでしょうか？」

「まだあるから大丈夫だよ」

「……セナ様、何体に試したんでしょうか？」

「えっと……十四？」

「ハァ……以後、本当に気を付けてくださいね？」

ため息をつき、念を押すように最後に力を込めて言われた。

「はい」

「そうですね……国の研究所が欲しがるでしょうから……とりあえず白銀貨一枚でいかがでしょうか？」

白銀貨って……百万⁉

「そんなにするの？」

「おそらくそれでも安いです。初めてのものですので、国の研究所に問い合わせて差額を後で払います」

おおぅ……思ってたより大事《おおごと》になったな……

「全然いいよ。ジョバンニさんにお任せする」

「かしこまりました。ではお金を取って参りますので少々お待ちください」

ジョバンニさんの移動に合わせて一度結界を消し、戻ってくるのを待って再び結界を張る。

「お待たせいたしました。こちらになります。今回の件で国の研究所から連絡が来たらまたお知らせいたします。結界を解除していただいて大丈夫です」

「はーい」

「では宿までお送りします」

「へ？　大丈夫だよ？」

「いえ。もう遅くなっておりますので」

話し込んでいたみたいで、確かに外は暗くなっていた。結局、ジョバンニさんに甘えて抱っこしてもらい宿まで送ってもらった。宿屋の女将さんにすごく心配をかけていたらしい。もう少し遅かったら騎士団に連絡するところだったそう。危なかった……連絡がいったら連れ戻されそうだもん。

第二話　副産物と神からのお願い

朝食を食べ、お弁当を受け取ったら女将さんに鍵を預けて教会に向かう。昨日の夜、クラオルに約束を取り付けてもらったんだ。

教会には二人ほどお祈りに来ている人がいた。邪魔にならないようにパパ達の像の前で二礼二拍手をして目を閉じる。

「パパ～――ぅ！」

今日も後ろから体当たりの勢いで抱きつかれて変な声が出てしまった。目を開けて振り返ると案の定エアリルパパ。その後ろにはパナーテル様以外の神が勢揃いしていた。

「待ってたぞ」

アクエスパパが私をエアリルパパから引き剥がして抱きしめる。不満そうな顔をしていたエアリルパパは私と目が合うとフワリと微笑んで指を鳴らした。お花畑からいつものリビングへ一瞬にして移動。私を抱えていたアクエスパパによって私はソファに下ろされた。

ソファに座ると恒例のマグカップのお茶が出てくる。

うまーい！　飲み干してもおかわりあるとか最高！

「ご飯とっても美味しかったです！　パンも美味しかったですし、セナさんすごいです！」

隣に座ったエアリルパパは興奮冷めやらぬ様子だ。

「あのチャーハンってやつが美味かったな。あれがシラコメだとは想像できん。セナが炊飯器なるものをやたら欲しがっていた理由がわかった」

アクエスパパはチャーハンがお気に召したらしい。

「ふむ。どれも美味しかったのぉ！　妾《わらわ》はジャムが好きじゃ！」

イグ姐《ねえ》は甘いものが好きなのね。

「そうだね。どれもとても美味しかったけど、衝撃を受けたのはチャーハンだね。私はセナさんが作ったものはどれも好きだけどね」

ガイ兄《にぃ》はイケメン発言ですな。

「ふふっ。気に入ってもらえてよかった！」

「それで、今日はどうしたんじゃ？」

「んとね、これを見てもらおうと思って」

パパ達が見やすいように、昨日手に入れたスライムの核を四つテーブルの上に出す。

「ほぅ。面白いことになっておるのぉ」

イグ姐《ねぇ》がひとつを手に取ると、三人もそれぞれ手を伸ばした。

「これはどうやってこうなったのかな？」

ガイ兄《にぃ》に聞かれたので、昨日のスライム討伐のこととギルドでのことを説明した。

「ハッハッハ！　さすがセナじゃ！　また面白いことを思い付いたのぉ！」

「それで、これってなんなのかみんなならわかるかな？　って思って」

「妾《わらわ》達も考えたことがない故《ゆえ》わからぬが……これは面白い！　妾《わらわ》も調べてみようかのぉ。人族の考察は妾《わらわ》達と視点が違いそうじゃからの」

イグ姐《ねぇ》だけじゃなく、パパ達も調べたいらしいので、この核はプレゼント。私は疑問を実践しただけ。ただの副産物だから、むしろ調べてもらえることがありがたい。

「そうだ、セナさん！」

エアリルパパに勢いよく呼ばれて首を傾げる。

「なぁに？」

「セナさんが前に欲しがっていた料理アプリですが、セナさんのスマートフォンという機械に入っていたやつでよければ使用可能になりました」

「えぇ!?　本当に!?」

「はい。ただ更新はされませんので新しく内容が追加されることはありません。それでもよろしいでしょうか？」

「もちろんだよ！　私のスマホに入ってた料理アプリ全部??」

「はい。全ての内容をコピーしてスキルを作りました」

「わぁ～!!　超嬉しい！　ありがとう!!」

「今回はここにいる全員が協力してくれたんですよ」

「みんなありがとう！　すんごく嬉しい!!」

満面の笑みでエアリルパパから順番に抱きついていく。パパ二人だけだと思ってたのに、予想外にガイ兄《にい》とイグ姐《ねえ》に手を広げられたんだよ。

「本当に嬉しそうじゃの。そこまで喜ばれると妾達《わらわ》も嬉しいのぉ」

「日本の料理アプリはすごいんだよ！　これでいっぱい日本の料理が作れるよ！」

なんて言ったたって私のスマホには五つの料理アプリが入っていたからね！　向かうところ敵なし！　ふふふ。これでケチャップの作り方もわかるぞぉぉ！

「そうだ！　料理で思い出した。イグ姐《ねえ》に作ってもらったパン型で食パン作ったんだよ」

小さい型で焼いた食パン一斤を出し、風魔法でスライス。お皿にのせてみんなに渡す。パンは日本の六枚切りの厚さ。完全に自分の好みの厚さです。

「とりあえず何もつけないでそのまま半分くらい食べてみて！」

みんながモグモグと食べている間に説明する。

「これはね、白パンでできてるんだよ。半分くらい食べたらジャムを付けて食べてみて」

適当に出したらオレンジマーマレードだった。四人とも、順番にジャムを付けて食べていく。

イグ姐《ねえ》は好きだと言っていただけあって山盛りだ。喉渇かないのかな？

「ほう！　これがあの白パンと同じとな？　ジャムを付けてもジャムパンとは少し違うのぉ」

「でしょ？　これはこれで美味しいでしょ？　表面を炙《あぶ》る感じで焼いても美味しいんだよ」

「ほう！」

イグ姐《ねえ》が残っていた食パン二枚のうち一枚を手に取り、手をかざすといい具合に焼き色が付いた。

「こんな感じかのぉ？」

「そうそう！　イグ姐《ねえ》すごいね。まさにそれくらいがベストだよ！　それちょっと貸してもらってもいい？」

イグ姐《ねえ》から食パンを受け取って、バターを塗って風魔法で四等分に。それぞれのお皿にのせてあげる。

「はい！　そのまま食べるか、ジャム塗って食べてみてね」

「「「！」」」

みんなちょっとかじったあと一口で食べてしまった。

「なんじゃこれは！　全然違うものになったぞ！」

大興奮のイグ姐《ねぇ》を筆頭に、口々に美味しいという感想がきた。やっぱトーストは美味しいよね！

「地球はすごいのぉ……」

「ふふっ。これが食べたくてイグ姐《ねぇ》にパン型を頼んだの。作ってくれてありがとう！」

「よいよい、セナのためじゃからの！　妾達《わらわ》も美味しいものが食べられて大満足じゃ！」

みんなのリクエストで最後の一枚もトーストにして、みんなのおなかの中へ。

そのまま近況報告に話題が移ったとき、そういえばと気になっていたことを聞いてみる。

「ねぇねぇ、転移の魔法って私でもできる？」

「セナの空間魔法であれば大丈夫だと思うぞ」

「おそらく、行ったことのある場所や魔力を辿って目当ての場所に行けると思います」

アクエスパパの簡潔な答えにエアリルパパの補足が入った。

「森の中で場所がよくわかっていない場合は？」

「セナさんが行った場所はマップに記載されていますので、おおよそはわかると思いますが……何故か聞いてもいいでしょうか？」

「すぐ行けたらクラオルが実家に帰れるでしょ？　そしたらクラオルが家族に会えるからお互い嬉しいかなって。でも私あのとき、現在地を把握できてなかったから、マップ見てもわからなくてさ……」

そんな話はしていなかったから驚いたのか、クラオルが肩の上で固まった。

「セナさんはクラオルのことも考えてくれてるんだね」

感心したようにガイ兄《にぃ》がしみじみと言う。

「それはもちろん！　クラオルがいなかったら多分死んでたし、いつも助けてくれるのに私、何もできないし……」

『何言ってるの！　そんなこと考えてたの!?』

「クラオルは家族と離れて私と一緒にいてくれるでしょ？　私の今の家族はパパ達だからこうして頻繁に会えるけど、クラオルは私が呪淵《じゅえん》の森に行かなきゃ会えないなんて寂しいじゃん？」

「セナさん……」

『主様……優しすぎるわよぉぉ！』

エアリルパパが瞳をウルウルさせているなぁって思ってたら、クラオルまで泣いちゃった。クラオルを肩から降ろし、膝の上に乗せて撫でながら話しかける。

「クラオルが大好きだからね」

『うぅ……ワタシも大好きよぉ！』

「ふふっ。両思いだね」

『うぅ……』

「あと、マップ見てもなんか上下っていうか、斜めに長くてよくわからなかったの」

「それは……」

クラオルを撫でながらマップのことを言うと、エアリルパパが言葉を詰まらせた。

「俺が説明しよう。セナは最後に走って逃げただろう？　あのとき、北西から東南東に向かって三日間ぶっ通しで走ったんだ。身体強化してありえないスピードでな」

アクエスパパが衝撃の事実を述べた。

「三日間⁉」

（マジか……よく生きてたな……）

「そうだ。正確には三日目の昼過ぎにあの廃教会に辿り着いた」

「マジか……無我夢中すぎて覚えてない……ごめんね、クラオル。そんな状態で連れ回しちゃったんだね。早くリンゴを食べさせてあげられたら、もっと早くケガも治してあげられたのに」

『ワタシのことより自分の心配しなさいよぉぉぉ！』

せっかく収まりかけていたのに、私の言葉で余計に泣かせてしまった。

「セナが走ったことで国境を越えている。あの【黒煙《こくえん》】が活動しているのは、今セナがいる国の二つ隣。つまり隣の隣の国だ」

「え⁉　じゃあ、私完全に丸々一つ分の国跨《また》いだってこと？」

「そうだ。と言っても、呪淵《じゅえん》の森の周りの国は呪淵《じゅえん》の森を各国で保有する形を取っているから、国を越えると言っても普通に横断するよりは距離は短い。まぁそれでもあの森は元々セナがいた地球の一番デカい国くらいの広さなんだがな……」

「なんでガルドさん達に当分会えないって言われたのかわかった。隣の隣か。そんなに離れていたとは……魔力も覚えてないから飛ぶのはムリだね……」

「ちょっといいかな？　クラオルの故郷の場所なら私が教えてあげられるよ」

ガイ兄《にぃ》のセリフで一気に気分が浮上する。

「本当!?」

「元々私の眷属《けんぞく》で、何回も報告を受けていたからね」

「教えてくれる？」

「もちろん構わないよ」

「わぁ～、ありがとう！」

エアリルパパと場所を変わったガイ兄《にぃ》は私のおでこに人差し指を伸ばした。言われた通り目を閉じると、おでこに温かい力が注がれている感じがする。頭の中にマップが展開され、呪淵《じゅえん》の森の一点にピンが立った。そのとき、おでこにチュッと予想外の感触がして驚きに目を開ける。

目の前にはイタズラが成功したと言わんばかりのガイ兄《にぃ》の笑顔。咄嗟におでこに手を当てたものの、恥ずかしさから顔に熱が集まってくる。

「ふふっ。真っ赤になって可愛いね」

真っ赤って言われてさらに羞恥心が増していく。

くそぅ、からかいやがって！　私はこういうのに慣れてないんだよ!!

「――んなっ!?　何してんだ！」

「ちょっと！　僕のセナさんに何してるの!?　僕もしたことないのに！」

後ろからアクエスパパに抱き寄せられ、エアリルパパがガイ兄《にぃ》に詰め寄った。

「そうなの？　じゃあ私がセナさんの一番だね」

「ハッハッハ！　セナはモテモテじゃのぉ。妾《わらわ》も好きじゃが」

シレッと言うガイ兄《にい》にイグ姐《ねえ》が笑っている。

笑いごとじゃないよ！　恥ずかしすぎて顔の熱が引かないよ！　イケメンじゃなかったら許されないんだからね！

「俺が上書きしてやる」

顔を近付けてきたアクエスパパの口を手で塞ぐ。

「何故だ！」

「恥ずかしいからヤダ！　あんまり恥ずかしいことするとお手紙あげないんだから！」

私が言った瞬間、神達はピタリと静止した。

「なんだそれは？」

「みんなにお手紙書いたの……でもでも恥ずかしいことするならあげない！」

みんなに日頃の感謝を書いただけのただの手紙なんだけど……咄嗟に出ちゃったから後には引けない。なんとか切り抜けなければ。

「俺はまだしていないからもらえるんだな！」

「妾《わらわ》は女同士だから問題ないのぉ」

「ぼ、僕も大丈夫ですよね？」

アクエスパパは一気にテンションが上がり、イグ姐《ねえ》は得意げに笑みを浮かべ、エアリルパパは期待していいるのか目がキラキラと輝いた。

そんなに嬉しいもの？　本当にただの手紙だよ？　神様なんだから日頃教会で感謝を捧げられているんじゃないの？

「それは私はもうもらえないってことなのかな？」

肩を落としながら聞いてくるガイ兄《にい》にウグッと答えに窮《きゅう》する。

う……イケメンがそれしちゃダメ。ショボーンって可愛すぎるから。

「……もうしない？」

「嫌がるならしないよ（今は）」

最後声が小さくて聞き取れなかったんだけど……なんか付け足されてなかった？

「嫌っていうか恥ずかしいの。私に面白い返しを期待しないで。もうしないならあげる……」

「それはよかった。嫌われたくないからね」

ニッコリと笑いかけてくるガイ兄《にい》は何事もなかったかのよう。

くそぅ。絆《ほだ》されてしまった。でもあれは断れる気がしない！

「そうだ。呪淵《じゅえん》の森のあの場所に行くなら、その前に一度近くに転移してからの方がいいよ。慣れないうちは一気に長距離を転移するのは魔力の調節が難しいと思うからね」

「そしたら……廃教会辺りがわかりやすくていいかな？」

「そうだね。ちょうどいいと思うよ」

「あの教会か……なぁ、セナ。廃教会に行くなら、廃教会をキレイにしてくれないか？」

「ん？」

思い出したかのように話すアクエスパパの様子に首を傾げる。

「あそこの教会は呪淵《じゅえん》の森の脅威が外に行かないように守る役割も持っている。廃教会になって久しい。中に入ってセナが【クリーン】をかけるだけでいいんだが」

「それくらいなら全然いいよ～。でもキレイになったら悪いやつが勝手に住んだりしない？　あのノーモカヴァの人達みたいな」

「呪淵《じゅえん》の森だからそういないとは思うが……完全には否定できないな」

「それは結界石に妾《わらわ》達の結界魔法を込めれば済むんじゃないかのぉ？　悪しきモノは無意識に忌避《きひ》するじゃろ」

「そうですね。それならセナさんにも負担がありません」

「そうだね。それは私達が用意しようか。転移時だけでなく、採取などで呪淵《じゅえん》の森に寄る際、セナさんの休憩所としても使えそうだからね。用意できたらセナさんの無限収納《インベントリ》へ送るよ。使い方は私がクラオルに連絡するから、クラオルに聞いてもらえるかな？」

悩むアクエスパパにイグ姐《ねえ》が案を出し、エアリルパパが賛同、ガイ兄《にい》によって今後の動きが決まった。

「わかった！」

なるべくキレイにして秘密基地みたいにしちゃお！

「残念じゃが、そろそろ戻った方がよさそうじゃのぉ」

みんなにギュッと抱きついてから手紙を渡す。本当はご飯と一緒にロッカーに入れようと思ってたから手渡しするのも恥ずかしい。いたたまれないからさっさと帰ろ。

「バイバーイ!」

教会に戻ってきたので最後に一礼してから教会を出た。

第三話　デタリョ商会①

さてさてお買い物ですよ。近々クラオルの実家に行けることになったからね。ファミリーへのお土産を買わなくちゃ。

フルーツ、ドライフルーツ、ナッツ類、パンの材料もどんどん購入。マップを使って個人店を巡っていたけど、ふと、大型商会なら鍋とかキッチン用品もいっぺんに揃うんじゃなかろうかと思い至った。

再びマップで検索をかけて向かうと、目の前に現れたのはすごく大きな建物だった。貴族のお屋敷って言われたら納得してしまいそうなほど。キラキラと輝く装飾まで付いている。デカデカと【デタリョ商会】と看板に書いてあった。

意を決して中に入る。入口正面には受付けがあり、お姉さんが二人座っていた。大手の会社なんかにいる受付嬢みたい。とりあえず、お姉さんに場所を聞こうと受付けへ歩いていく。受付嬢の一人と目が合った途端、驚いた顔をしてどこかに走っていった。

え……なんで？　目が合っただけなのにまさかの入店拒否系？　お子様お断りってこと？

軽くショックを受けたものの、気を取り直して違うお店に行こうかとクルッと反転して出口へ向かう。

「お、お待ちください！」

「お待ちくださいー！」

大声で呼び止める声が聞こえ、誰をそんなに引き止めているのかとチラッと後ろを振り返ると、私に向かって走ってくる執事みたいな燕尾服《えんびふく》？　を着た男の人と、さっき走り去っていった受付嬢がいた。

え、私？　なんかした？　キョロキョロと周りを見ても私の周りには誰もいない。

え、私？　なんかした？　入ったばっかりだけどあらぬ疑いをかけられてる感じ？

驚いて固まっている間に、執事？　と受付嬢は私の前で止まった。

「何か？」

「申し訳ございません」

「っハァハァ……申し訳ありませんっ」

何もしてませんよ～という意味を込めて声をかけたのに、執事と受付嬢に謝られてしまった。しかも受付嬢の方は息切れが激しい。

「それはなんの謝罪ですか？」

「セナ様でよろしいでしょうか？」

ワケがわからず首を傾げていた私は、執事に名前を呼ばれて警戒を強めた。

なんで名前知ってるの？　怪しすぎるでしょ。しかも答えになってないし。

「私のさっきの質問には答えてはもらえないんですね。帰ります。お邪魔しました」

「お待ちください！」

執事が呼んでるけど知らん。関わりがないのに名前知ってるなんて怖すぎる。

構わずスタスタと出口に向かう。もう出口！　ってところで、入口を守っていた二人の男性が入ってきて、出入口を塞がれた。

はぁ？　なんなの？　逃がさないようにする意味がわかんないよ。クラオルも臨戦態勢になり、肩の上で威嚇《いかく》し始めてるし。

「出たいのでどいてもらえませんか？」

「「……」」

警備の男性二人に問いかけても、二人は顔を見合わせるだけ。前には男性二人、後ろには執事と受付嬢。四面楚歌《しめんそか》である。穏便に済ませたいと思いつつもイライラが腹の底から湧き上がってくる。

「無視ですか、そうですか。無理矢理通ってあなた方がケガしようが、この店に被害が出ようが私は責任を取りませんがいいですかね？」

私から漏れ出る魔力で髪が波打ってパチパチと静電気が弾けた。それに伴って周りの温度が下がっていく。

「……何事だ？」

突如として聞こえた安心する声に魔力が霧散した。この声は……バッと声の主の方に顔を向けると、やっぱりブラン団長だった。救世主現る！

ブラン団長は私と視線がかち合うなり、零《こぼ》れ落ちそうなほど目をまん丸にした。

「……セナ？」

「うぅ！　ブラン団長ー！」

名前を呼びながら走って飛びつく。ブラン団長はフラつくことなく、私をしっかり抱き留めた。

「……セナ？　何があった？」

「あの人達が意地悪するの！」

「……どういうことだ？」

優しく問われ、私がビシッと指差すと、ブラン団長は眉間に皺《しわ》を寄せた。

そこで私はさっきまでのことを説明する。

(今こそ過保護を発揮してくれ！)

「……何故そんなことをしたのか説明してもらおうか？」

「私共はセナ様に商品を見ていただこうと……乱暴はしておりません」

「そう、それ！　まずなんで名前知ってるのかわかんないんだよ。気持ち悪い」

執事と話している途中でブラン団長にギュッとしがみつく。鳥肌立つわ。

「……とりあえず騎士団に連絡させてもらおう」

ブラン団長はそう言うと襟元に着いている何かを弄《いじ》った。何をしているのかわからず首を傾げる。

「……今騎士団に連絡したからすぐに来るだろう。全員動かないでもらいたい。そちらの受付けの方も」

ブラン団長は少し離れた場所にいる座ったままの受付嬢にクギを刺した。どこかに行こうと立ち上がっていたらしい。決まりが悪そうに座り直していた。

襟元のは緊急お知らせスイッチ的な？

膠着《こうちゃく》状態が続くこと数分、大勢の人の気配が近付いてきた。

「……来たようだな。出入口を開けてもらおうか」

ブラン団長がそう発言すると、出入口を塞いでいた男性二人はそろそろと横にズレた。

「緊急連絡を……ってセナさん!?」

フレディ副隊長が入ってくるなり、抱えられている私を見つけて目を丸くする。

「セナさん!?　セナさんがいるの!?」

パブロさんがフレディ副隊長の声を聞いて、慌てながら飛び込んできた。

「フレディ副隊長！　パブロさん！」

つい三日前離れたばかりなのに懐かしく感じる。あんなに泣いたのにすぐに再会してしまったことに笑ってしまった。

「セナさんがいて緊急って……セナさんに何かあったってこと？」

「なるほど。それはしっかりと確認しなければなりませんね」

パブロさんが黒いオーラを纏って従業員に目線を送ると、従業員はビクッと反応。それを見たフレディ副隊長が笑顔で圧を与え始めた。

（めっちゃ怒ってるっぽい！　絶対零度の笑みってやつだ……）

ブラン団長の指示でフレディ副隊長は商会の会長を呼びに行き、執事達は騎士団に連れられていった。あの座り直していた受付嬢も。

私はブラン団長に抱っこされたまま。このまま運んでくれるみたい。騎士団の宿舎に向かうのかと思ったら、宿舎の近くではあるけど違う建物だった。ブラン団長に聞くと、取り調べをしたり犯罪者を捕らえておいたりする場所らしい。警察署？　拘置所《こうちしょ》？　みたいな感じかなと勝手に納得した。

私の話はさっき伝えたけど、一応形式上必要だそうで部屋の椅子に降ろされる。隊員さん達は「怖かったね」と頭を撫でてくれた。ブラン団長にした説明を再度すると私は解放となった。なんで名前を知っていたかぜひ調べてほしい！

商会に赴《おもむ》いた理由を話すと、ブラン団長が馴染みの店を案内してくれることになった。個人店だけど、値段の割にいいものが揃っているんだって。

ブラン団長が向かったのは街の商業エリア。このエリアは初めてだ。腕の中でキョロキョロしていたら、笑いながら各お店が取り扱っているものが何かを教えてくれた。

着いたお店はキッチン道具を扱う個人店。騎士団もお世話になっているって言ってたから、業務用なのかと思ってたら、一般家庭向けのものが多かった。

作り置きすることを考えて寸胴鍋五つ、雪平鍋のような小鍋を三つ、半寸胴や両手鍋……と鍋だけでも結構な量をお買い上げ。他にもレードルやバットを数種類ゲット。残念なことにフライパンはなかった。

ブラン団長が「そんなに買うのか?」「本当に必要か?」って何回も確認してきたけど、たまにだとしてもパパ達の分も作ることを考えたら、持ってて損はないと思うんだよね。

顔を引き攣《つ》らせているブラン団長とは対照的に、お店のご主人はものすご〜くほくほく顔だったよ。

送ってもらって宿に到着。ブラン団長は取り調べに戻るそう。明日中には終わるだろうから、明後日《あさって》迎えに来るとのことだった。彼は名残惜しそうに私の頭を撫でまくってから帰っていった。

結局移動中はずっと抱っこだったわ。

第四話　大活躍のコテージ

部屋に入ったらお昼ご飯。さっきブラン団長が誘ってくれたんだけど、お弁当があるからって断っちゃったんだよね。

未だ商会での怒りが収まらないクラオルはプリプリしながらイチゴジャムパンを食べている。怒っているのにパンを食べた瞬間は顔と雰囲気が和《やわ》らぐのが可愛い。

「ふふっ」

『もう！　主様もさっきは怒ってたじゃないの！』

「ごめん、ごめん。クラオルが可愛くて癒されてたの」

『んもう！』

怒ったような声色を出しつつ、ちょっと体を寄せてくるところが、またたまらん可愛い。

そんなクラオルを眺めると同時に考えるのはさっきのこと。日本にいたときは腹が立っても表面上は取り繕えたのに、この世界に来てからはそれができていない。クラオルがいるから私が私でいられる気がする。きっとクラオルがいなかったら、もっと簡単に爆発してた。悲しみだけじゃなくて怒りまでコントロールできないとは……子供になったから？　そんなに体に引っ張られるもんなのかね？

『――さま。主様ったら！』

「へ？」

『ボーっとしてどうしたの？　ご飯全然食べてないじゃない。疲れちゃった？』

「ごめん、ごめん。大丈夫だよ。これから外に出てもなぁって考えてただけ。買い物のときに思い付いたものでも作ろうかなって」

『大丈夫ならいいけど、ムリはしちゃダメよ？』

心配そうなクラオルを撫でて、ご飯に集中する。食べ進める私を見たクラオルはあからさまにホッとしていた。

「よし！　コテージに行こう！」

結界がちゃんと張られていることを確認してコテージへのドアを出す。今日は木工部屋だ。

今日作るのは菜箸《さいばし》。コテージにはパパ達が用意してくれたものがいくつかある。でも今の私には大きくて使いづらいのと、外でも使えるように数が欲しいところ。あと、ご飯食べるときの箸もだね。

木材を出しては削っていく。何本か折っちゃったけど、なんとか理想の形になった。要領を掴んだので、十組ほど製作。菜箸《さいばし》は何本あっても困らないからね。箸はパパ達も使うかもってことで六膳。うち一膳は予備ね。

ついでにサラダボウル・木ベラ・鍋敷き・コップ・キャニスター等々思い付くままに作っていく。作ったキッチングッズに水魔法を浸透させて、先日と同様に防水加工を施した。

うん、完成！　ちょっと楽しくていろいろ作っちゃったや。

『主様……ハチャメチャすぎるわ』

クラオルにため息をつかれてしまった。

何故だ？

全身に【クリーン】をかけて周りを見ると木屑だらけ。これどうしよう……

「あ！　いいこと思い付いた！」

新しい木を出して枝を切り落とし、ざっくりとカット。まずは、大きな長方形を四つ。ここをカットして〜。中をくり抜いて〜。こっちも中をくり抜いて〜。角は丸い方が危なくないよね。手を入れる用の場所もくり抜いて……小さく歌を口ずさみながらもガンガン削っていく。しばらく作業に没頭するともう完成間近！　これに蝶番《ちょうつがい》を……

「あああ！　蝶番《ちょうつがい》がない！」

やっちまったぁぁぁー!!　これは……作るしかない！　でも木だとすぐ折れて壊れそう。これは金具がいい。鍛冶はやったことがないけど、スキルはもらっていたはず！

増えた木屑を大雑把に風魔法で集めて無限収納《インベントリ》にしまい、私は隣の鍛冶部屋に向かった。

鍛冶部屋には鉱石を含め、炉やハンマーなどが揃っていた。炉はゴウゴウと火が常に燃えているのに、不思議と暑くない。

『うわぁ……この部屋、暑っついわ。この中にずっといるとなると拷問《ごうもん》ね……』

「あれ？　クラオル暑い？」

『主様はなんで平気そうなのよ……暑っついわよ』

「なんでか全然暑くないんだよね。この部屋にいるのがツラかったら他のお部屋に行ってる？」

『――っ！　なんで暑くないのかわかったわ。主様ワタシを中に入れてくれない？』

「中に入れる？　よくわかんないけどいいよ！」

『(……ハァ。よくわからないのに許可しちゃうのね……)』

「ん？　なーに？」

『なんでもないわ。入らせてもらうわよ』

クラオルは襟足側から私の服の中に入り、前に移動して首元から顔を出した。中でどういう体勢なのかはわからないけど、その状態をキープしていらっしゃる。クラオルによると、出してる顔も暑くなくて快適だそうです。

鉄鉱石・銅石・銀石・白銀石・神銀石《ミスリル》・アダマンタイト・ヒヒイロカネ……他にもプラチナム石・聖光石・瑪瑙《メノウ》石・石英石・石灰石……等々。日本にもあったものからファンタジー世界のものまで、ごちゃ混ぜ状態でこの世界には存在している。

今回はすぐ手に入りそうな鉄鉱石と銅石を使ってみることにした。簡単な知識は刷り込まれているけど、比率とか細かいことまではわからない。試行錯誤していくしかないね。

選んだ二種類の石を錬金スキルで分解・抽出して、各成分百%の塊を作る。前に日本の職人についてテレビで見た記憶がある。確か純度百%だと脆《もろ》いから、何かの成分を混ぜて打つって話だったんだよね。あれは包丁職人さんだったハズ。

(なんだっけ？　鋼？　ステンレスと鋼だっけ？)

ステンレスなんてこの世界にあるの？　鍛冶の本は読んでないから鉱石は詳しくないんだよね。うーん……鉄と鋼でいいかな？　あ、失敗した。鉄鉱石だけでよかったじゃん……

作った塊に魔力を浸透させ、二つをくっ付けて錬金スキルで合成。合成した塊に魔力をさらに浸透させ、粘土みたいに柔らかくしてグニグニと捏《こ》ねる。捏《こ》ね終わったら十二等分して、八等分を蝶《ちょう》番《つがい》の形に成形していく。

確かここは穴が空《あ》いてて……ここがネジ穴で……ここが稼動部分になって……残った四等分はネジにして……

ちょっと歪《いびつ》だけどなんとか形になった。炉があるのに一切使わず、テーブル上だけで作業してたわ。テーブルの上を片付けて木工部屋に引き返す。

さっき作った長方形の箱に作った蝶番《ちょうつがい》を付けようとして、ドライバーがないことに気が付いた。ちゃんとネジをプラスドライバー用に作ったのに！

指先で小さく風の渦《うず》を作って強引にネジを埋め込むことにした。これにも念のために防水加工。

「できた！　やっと完成ー!!」

『……主様、これ何？』

「これ？　これはダストボックス！　アメリカンサイズのゴミ箱だよ。蝶番《ちょうつがい》で蓋もバッチリ！」

『ゴミ箱？』

「そう。こうやって何かを作るとゴミが出るでしょ？　でも、すぐには燃やせない。そんなときにこのゴミ箱。ここに手を添えて蓋を開けて、この中にこういうゴミをポイッと入れておくの！」

説明しながら実際にやってみせる。

『へぇ、面白いわね』

「まさか初めての鍛冶として錬金スキルで作ったものが蝶番《ちょうつがい》になるとは思わなかったけどね。しかも炉まで用意してくれたのに使ってないし……まぁしょうがないよね！　このゴミ箱は木工部屋用で残りは今から他の部屋に置きに行こう！」

錬金部屋、鍛冶部屋、キッチンに設置。大満足でございます。

今何時？　って思ったらもう夕食の時間だった。急いで戻らなきゃ！

食堂に下りると、女将さんに「もう少しで部屋に呼びに行くところだったよ」って言われた。危なかったね。

◇◆◇

ご飯も食べた。お弁当も受け取った。女将さんに今日は一日部屋にいることも伝えた。部屋に結界を張り、いざコテージのキッチンへ！

「よし。今日は丸一日作りまくるよ！　クラオルも手伝ってね！」

『わかったわ！』

気合充分にエプロンのリボンを締めて作業開始。

まずはジャムとカスタードクリーム作り！　無限収納《インベントリ》から出した大量のフルーツを包丁で切り、切り終わったら砂糖と煮詰めていく。昨日作った木ベラを風魔法で動かして焦げ付かないようにかき混ぜる。クラオルが草魔法の蔓《つる》でスプーンを持ってアク取りをしてくれることになった。器用だ。

クラオルさんが優秀すぎる。カスタードクリームはアク取りが必要ないから、ジャムと同じように焦げ付かないように風魔法でかき混ぜるだけ。魔法って便利ね。

次にパン生地を作るため、クラオルの草魔法でボウルを支えてもらって捏《こ》ねていく。ジャムのアク取りもしているのに、ボウルを支えてくれるっていう……可愛い上に素晴らしい！

途中、ジャムの味見をして砂糖やレモン汁を足したり、完成したものとこれから煮詰める鍋を入れ替えたり……と、ジャムの作業をやりつつも、生地の量産に精を出していた。

メロンパン用のクッキー生地も作り、おばあちゃんから安く売ってもらった容器にジャムを移し替えたら一段落だ。

ずっと火の番をしてくれていたクラオルに果実水を渡す。

「ふぅ。とりあえずこれくらいで大丈夫かな？　さすがにちょっと疲れたね」

『また大量に作ったわね……』

「作りすぎちゃった気はするけど、生地だけ無限収納《インベントリ》で保存してもいいじゃん？」

『そろそろお昼だからご飯も食べちゃいましょ？　また午後も作業に没頭するんでしょ？』

「そうだね。クラオルは何食べる？」

『昨日ガイア様達が食べてた食パンってやつを食べてみたいわ』

「そっか。クラオルは食べたことなかったね。ごめんね。すぐ焼いてあげる！」

カットした食パンをオーブンで焼き、バターを塗ってハムをのせる。

『これハム？』

「そうそう。バターだけでもいいけど、ハムのせて食べると美味しいんだよ」

『っ！　美味しいわ！』

「でしょー？　それは日本人がよく朝ご飯に食べてるんだよ。ハムの代わりに目玉焼きもいいよ。この世界ってハムもベーコンもウィンナーもソーセージもあるのに、生ハムはないって謎だよね」

『主様が言うならそのナマハムもきっと美味しいのね』

「美味しいよ～！　そのまま食べてもサラダに入れてもウマウマだよ」

食べきれなかったお弁当は別のお皿に移して無限収納《インベントリ》行きである。

食べ終わったら作業を再開。

作った生地でジャムパンとクリームパン、ドライフルーツと砕いたナッツをそれぞれ練り込んだパンを作り、焼いていく。もちろん食パンとメロンパンもバッチリよ。さっきウィンナーの話をしていたときに思い付いた、ウィンナーにパン生地を巻き付けたウィンナーロールも作ってみた。

焼けたパンから粗熱《あらねつ》を取って無限収納《インベントリ》にしまっていく。

洗い物がさ、【クリーン】の魔法だけで済んじゃうのがいいよね。めちゃくちゃ楽。よしよし。

順調順調。ここからは自分用だよ！

白米七合・玄米一合・赤米一合・黒米一合の雑穀米を水に浸《ひた》している間に、炊飯器に残っていたご飯を塩むすびと焼きおにぎりに。焼きおにぎりの味付けは醤油と焼き味噌だ。空《から》にした炊飯器で雑穀米を炊けば、お米系は終わり。

お次は食パンでサンドイッチ。ベーコンエッグ・ハムチーズ・ＢＬＴ……と簡単なものを作っていく。簡単とは言っても個数があると時間はかかっちゃう。

そろそろ夕食の時間が迫ってきているので、パパ達用のパンケーキ作りに取りかかる。ふわふわにするために卵の白身をメレンゲに。泡立て器がキッチンにあって助かった！　種生地に入れたメレンゲより甘いメレンゲを、焼いた生地にトッピング。カットしたフルーツとジャムものせたら完成～!!　結構豪華じゃない？

パパ達用、自分用、クラオル用で六皿。パパ達用のはロッカーに入れたから好きなときに食べてもらえるでしょう。

そんなこんなで宿の夕食の時間が差し迫っていた。

バタバタと片付け、何食わぬ顔で食堂に顔を出す。お昼のお弁当が多かったのと味見で、あまりおなかが空《す》いてなかった私はバレないように半分以上無限収納《インベントリ》に移すことになった。

第五話　デタリョ商会②

朝食時、女将さんに今日はブラン団長達が迎えにくることを伝え、部屋で待つ。食堂だと邪魔になっちゃうからね。

「おはようございます。お待たせいたしました。お迎えにあがりました」

「おはよう！」

一時間ほどで現れたフレディ副隊長は抱きついた私を抱きしめ返し、素早く持ち上げた。いつの間にやらお子様抱っこの完成です。もうさ、抱えられることに忌避《きひ》感がなくなってきてるのよ。

〝いつも通り〟って感じ。慣れって怖いよね。

話しているうちに宿舎に到着。執務室で待っていたブラン団長とパブロさんにご挨拶する。今日は隣の休憩室じゃなくてこの執務室で話すみたい。ソファに座ったら、パブロさんが美味しい紅茶を出してくれた。

雑談もそこそこにブラン団長からの報告を受ける。

「……一昨日《おととい》の件だが、少女が街で大量購入している噂を聞き、特徴を調べているときにセナの名前を知ったらしい。最近売り上げがあまりよくなく、少女が来たらぜひ買ってもらおうと従業員で話していたということで、会長は知らなかったそうだ」

「噂になんかなってたんだ……」

（噂ねぇ。まぁ確かにいろいろと買い込んでたけど……それにしてもじゃない？）

「……あの商会は良心的と評判で、会長に恩を感じている従業員が多い。おそらく会長が知らなかったのは本当だろう。……それで、今日会長が会いたいそうだ」

「うーん……会ってどうするの？」

「……おそらく謝罪だと思うが……会いたくないか？」

ブラン団長の言い方から想像すると、騎士団がお世話になってるかブラン団長個人がお世話になってるかってところかな？　会いたくないっていうか、なんかモヤモヤする人が近くにいる気配がするんだよね。それが会長かどうかだけでも確かめる価値はあるか。会長だったらブラン団長に注意した方がいいだろうし。

「うんとね、ブラン団長が困ってるっぽいから会うのはいいんだけど、ちょっと気になることがあって……」

「……気になること？」

「うん。よろしくない気配の人がいるって言えばいいのかな？　警戒した方がよさそうだなって」

私の言葉にブラン団長達は顔を見合わせた。

「……それは会長か？」

「会ったことないからわかんない。ちょっと考えがあるから任せてもらってもいい？　結界張るし、騎士団が揃ってるこの場所で暴れることはないと思うの」

相当なおバカ、相打ち覚悟、捨て身の場合は当てはまらないけれど。モヤモヤは置いておいて、私的には商会の人達にちょっと物申したいのもある。あれ、普通の子供ならトラウマ案件だし、貴族の子供だったら親がブチ切れてると思うんだ。

ブラン団長達は再び顔を見合わせ、渋面で頷いた。

「………わかった。だが、結界を張ることと、危険だと思ったら下がることが条件だ」

「うん、ありがとう」

心配性だからもっと渋られるかと思ってた。すんなりでよかった。

話がまとまったところで、フレディ副隊長が件《くだん》の人達を迎えに行った。

「お連れいたしました」

フレディ副隊長と共に現れたのはおじいちゃんとこないだの四人と……知らない男の人。こいつだ。モヤモヤするやつ。普通そうに見えるけど、腹の中では何考えてるかわからないタイプ。座っていた受付嬢はいなかった。おじいちゃんは優しそうなおじいちゃん。申し訳なさそうな表情を浮かべている。執事他三人は顔色が悪いな……

ん!?　今なんか魔力が纏わり付いてきたぞ。これって鑑定かけられてる感じかな？　ふーん。

じゃあ私もかけちゃお！
（鑑定カモーン！）

＊＊＊＊　ステータス　＊＊＊＊
名前：ドーノ・スドゥクピ（本名：ヴィソコ・エリーミェ）
種族：人間
年齢：22
職業：デタリョ商会　会長補佐（本業：ジャースチ商会　諜報員）
レベル：27
状態：健康
スキル：鑑定　暗殺術　格闘術　剣術　計算　演技　風魔法　魔力察知　気配察知　気配遮断
隠密
耐性：毒耐性　物理攻撃耐性
称号：詐欺師　演技者　優良諜報員　暗殺者　人の善意に付け込む者

うわぁ！　ヤバいやつだった！　お店の売れ行きが悪いのってこいつのせいじゃない？

「((クラオル、ヤバいやついる！　暗殺者だって!!　こないだいなかった黒服のやつ。こいつだけ捕まえたいんだけど、逃げないようにフレディ副隊長をドアの前に誘導してもらえる？　それで守ってあげてほしいの))」

『((わかったわ！))』

「((ありがとう！))」

念話で頼んだ通り、クラオルは肩から降りてフレディ副隊長のもとへ。

目が合ったので頷くと、言いたいことを理解してくれたのか、ドアを塞ぐように立った。フレディ副隊長が動いたことでブラン団長とパブロさんも警戒を強めた。

「先日は大変申し訳ございませんでした。我が商会の不手際は私《わたくし》めの責任でございます。セナ様にはお詫び申し上げます」

「「「申し訳ございませんでした！」」」

何も知らないおじいちゃんはしっかりと、従業員達はガバッと頭を下げた。問題の人物は謝罪はせずに頭を下げただけ。あのときいなかったもんね。

「前にいなかった人がいますけど……」

さぁ、前に出てくるんだ！　おぉ〜、モーゼのように真ん中を通ってきたよ。ナイス！

「僕ですね。大変失礼いたしました。会長補佐をしておりま――」

「あ！　名前はいいです」

「……かしこまりました。会長補佐をしております。先日は多大なご迷惑をおかけしたとお聞きしましたので謝罪に参りました」

よし！　私の前に出てきたから、おじいちゃん達に結界魔法を張っておこう。

「そうですか。謝罪に来たのに私に鑑定かけるんですね」

ニッコリと笑いかけながらカマをかける。

「……なんのことでしょうか？」

「とぼけるんですね。知っていますか？　スキル高レベル者は、スキル低レベル者から鑑定をかけられたら魔力でわかるんですよ」

完全に予想だけど、転生時のパパ達の説明からして、大きくは間違っていないハズ。

「……」

「あら、知りませんでしたか？　スキルに自信があったんですね。ドーノ・スドゥクピ。いや。ヴィソコ・エリーミェさん。噛みそうな名前ですね。諜報活動は順調ですか？　そこの執事のお兄さん、ジャースチ商会ってどんなところですか？」

「え!?　えっと……我が商会を目の敵《かたき》にしていて、詐欺まがいなことをしたり、粗悪品を売り付けたりと評判がよくない商会ですっ！」

しどろもどろになりつつも声を張る執事のお兄さん。心配になるくらい血の気が引いている。

「そうですか、ありがとうございます。エリーミェさんの目的はデタリョ商会の帳簿管理と顧客流出あたりですかね？」

「……なんのことでしょう？」

むっ。まだとぼけるの？　諦めて白状してよ。追い詰めるネタがなくなっちゃうじゃん。

「ふふっ。まだとぼけるんですね。でもここは騎士団の本拠地なんですよ。あなたがここにいる間にデタリョ商会であなたが管理していた帳簿を調べたり、ジャースチ商会に騎士団が調べに行ったりしたらどうしますか？」

お嬢様よろしく優雅に聞こえるように話しかける。さすがに高笑いする勇気はない。

「……僕にはなんのことかサッパリ」

「さすが詐欺師で演技者ですね。あ！　暗殺者でもありましたね」

「チッ！」

盛大に舌打ちして逃げようとしたところを、動けないように足元を氷魔法で凍らせる。

「どこに行くんですか？」

「クソッ！　なんだよコレ！」

「クラオルさん、巻き巻きにして」

足元が凍っているのにも拘《かか》わらず、なおも暴れる男をクラオルが草魔法でグルグル巻きにした。ちゃんと口も塞いでくれるところが素敵。さすがクラオル！

そこへパブロさんが近付き、手刀で気絶させる。氷魔法を解くと、パブロさんが男を引きずって部屋を出ていった。誰かに引き渡したみたいで、パブロさんはすぐ戻ってきた。

もう安全だろうとおじいちゃん達に張った結界を解除しておく。

「ハァ……めっちゃ疲れたぁ……」

緊張から解放されて床に座り込むと、クラオルが肩に登って頬をスリスリしてくれた。

「うぅ……クラオルありがとう。助かったよ」

あぁ、癒される。モフモフって素晴らしい。

すぐ動けるように、誰もケガをしないようにと神経を研ぎ澄ませて気を張っていた。諜報員ならバレた途端に自殺をしたり、攻撃したりするように言われているかもって警戒してたけど、彼はわかりやすく逃走を選んでくれて助かった。とても優良諜報員とは思えなかったけど、あの人でラッキーだったと思うことにしよう。

「大丈夫ですか？」

「うぅ……大丈夫じゃない。何してくるかわからなかったし、久しぶりに真面目に話したら疲れた」

「ふふっ。さっきまであんなにしっかりしていましたのに」

フレディ副隊長が私を持ち上げてソファに座らせる。その横から、ブラン団長が紅茶を出してくれた。

「ありがとう」

膝の上のクラオルを撫でて、ゆっくりと紅茶を飲んで息を吐く。

「……危険なときは下がると約束したと思うが？」

「商会の人達にも結界を張ったし、暴れそうだったら任せるつもりだったよ？　こっちに攻撃するんじゃなくて逃走しようとしたからクラオルにお願いしちゃったけど」

ブラン団長が思いっきりため息を吐いたそのとき、おじいちゃんが申し訳なさそうに声をかけてきた。

「あのぅ……」

「……あぁ、悪い。そうだな……セナ、商会長以外を帰らせてもいいか？」

「あー……うん、いいよ。あ！　たぶんあの男の人、横領とか書類改ざんとか、いろいろ悪いことしてると思うからちゃんと調べた方がいいよ」

本当はちょっと文句でも言いたかったんだけど、捕縛の一件でそれどころじゃなくなっちゃったもんね。

「此度《こたび》のことは他言無用でお願いします。詳細は追って連絡しますので」

フレディ副隊長に商会長が頷くのを見た従業員達は、顔色の悪い執事のお兄さんを筆頭に再び謝罪の言葉を述べて去っていった。

残った五人全員がソファに座ると、仕切り直すようにブラン団長が咳払い。詳しい説明を求められたので、鑑定結果を交えて解説することになった。

パブロさんによると、ジャースチ商会は度々《たびたび》問題になっていたみたいで、あの人の取り調べ次第で今後が決まるそう。おそらく取り潰しになるだろうってのがブラン団長談。

「信じられない気持ちでいっぱいではありますが、先ほどのことを考えると事実なのでしょう。商会での件も併せ、重ね重ねご迷惑をおかけした上、危険な目に遭わせてしまい大変申し訳ございません。面倒をおかけした私共《わたくし》を救っていただき、誠にありがとうございます。セナ様は私共《わたくし》の恩人です」

やたら丁寧な言葉で詫びたおじいちゃんは恭《うやうや》しく頭《こうべ》を垂れた。ぜひともお礼をと譲らないので、クラオルと相談して、外で使えるような持ち運べるコンロを安く売ってほしいとお願いすることになった。早速準備してくると言うおじいちゃんは最後に深々とお辞儀をして帰っていった。

おじいちゃんを見送った後、私はブラン団長達に怒られた。特にフレディ副隊長にはチクチクと。心配してくれているのがわかるから、甘んじて受け入れる。とはいえ、長すぎだと思ったのか見かねたブラン団長が声をかけ、一時間以上に及ぶお説教から解放された。

その後は休憩室の方に移動してお昼ご飯。メニューはパブロさんの希望で【パネパネ】で作ったパン。ジャムパンの味が忘れられなかったらしい。メロンパンとナッツパンとドライフルーツパンも出すと、目を輝かせて大喜びだった。大量に作っておいてよかったと胸を撫で下ろすほどの消費量でした。

そのまま三人とお喋りしていると、執務室に誰かが近付いてきた。応対したパブロさんの驚いた声が聞こえて、私達は顔を見合わせる。

戻ってきたパブロさんによると、デタリョ商会から使いが来たそう。日程の話かと思いきや、もうコンロが用意できたって言われたらしい。早くない？

午後は特に予定がないので赴《おもむ》くことを伝えると、ブラン団長達も一緒に向かうことになった。

デタリョ商会では私達が着くなり、従業員総出で謝罪され、私はタジタジ。物申したいとは思ってたけど、これは予想外だよ。

「我が商会の恩人である旨を従業員全員に報告周知いたしました。ご不快な思いをさせてしまった私共《わたくし》を助けていただき、誠に、誠にありがとうございます」

またおじいちゃんが深々と頭を下げ、従業員もそれに倣《なら》う。

「うーん……うん。さっきも謝ってもらったし謝罪は受け取ったよ。他の子には優しくしてあげてね」

「ありがとうございます。これから従業員一同キッチリと再教育して参ります。ではご案内させていただきます」

おじいちゃん自ら案内してくれるらしい。ただ、気になるのが従業員の顔が青くなったところ。

(再教育ってまさかスパルタだったりしないよね？)

フレディ副隊長に抱っこされたままおじいちゃんの後ろを付いていく。

通された三階の部屋に置かれていたのは……コンロ。普通の卓上コンロや二口コンロ。さらにはオーブン付きのものにシステムキッチンほどもあるもの、レストランばりの大きさのものまで、さまざまなコンロがところ狭しと並んでいた。

「わぁ～！　いっぱい！」

腕の中から降ろされた私は興味津々に走り寄る。

卓上一口コンロは自宅で鍋をやるときなんかに使われているのとほぼ同じ。ツマミを回して火を調節できるらしい。ガスを入れるところに目立つように魔石が埋め込まれていた。二口コンロも卓上であればこの形みたい。四口コンロになると簡単には持ち運べない。日本のキッチンにあるコンロの部分を切り取った感じで、コンロの下には棚、もしくはオーブンが付いていた。それより大きいのは、日本のアパートで使われているサイズのキッチンから、海外仕様キッチンに、業務用と思われるキッチンまであった。

オーブン付きの前に移動して見てみる。日本のオーブンレンジより大きく、パンなどを焼くための天板は三段。ツマミが二つ付いていて、一つは温度で、もう一つは時間の設定。魔石は……五センチ大のが三つ。卓上一口コンロは二センチくらいのが一つだった。思っていたより小さな魔石でも大丈夫らしい。

品揃えがすごい。そして操作方法はわかりやすい。私が考えていたのは卓上一口コンロだったんだけど、オーブン付きの四口コンロにも惹かれてしまう。悩むね……これいくらだろ？　高いかな？　買えるとは思うものの、外で使うと目立ちそうな気がしなくもないんだよなぁ……

「お気に召されましたか？」

いつの間にか近くにいたおじいちゃんに話しかけられ、軽く驚いた。夢中になってて気付かなかった。

「便利だなぁって見てたの」

「では、そちらのものでよろしいでしょうか？」

「へ？　あぁ！　買いたいのはあっちの卓上一口コンロの方」

指を差したら、おじいちゃんは不思議そうに小首を傾げた。

「あちら、でございますか？」

「うん。これ高いだろうし、使ってて他の冒険者とかに無駄に絡まれたくないからさ」

「なるほど。かしこまりました。他にも見たい商品はございますか？」

「見るだけでもよければキッチンツールが見たいかな？」

「ではそちらに案内いたします」

移動することになった途端、スッと寄ってきたフレディ副隊長に抱えられた。素早い。

案内された二階の部屋に私は大興奮。スプーン、フォークコーナーには大きさや素材が違うモノが並んでいるし、コップやお皿もいろんな種類がある。さっきのコンロも面白かったけど、ここはまた別格だ。素晴らしい！　見ているだけでも楽しい！　私にとっては宝の山より嬉しい場所かもしれない。

またみんなを放置して小走りでお店の中を見て回る。

「わぁ～！　フライ返しにレードルに……あっ！　クラオル見て見て。計量カップがある！　それに計量スプーンまで。菜箸《さいばし》はないけどトングがあるよ！」

カゴとかカートがないかとキョロキョロ。見当たらなかったのでボウルを使うことにした。どうせ買う気だったからちょうどいい。ボウルにいろいろと突っ込んでいたら、フレディ副隊長にボウルごと奪われた。

「危険ですので、私が持ちます」

フレディ副隊長の目に圧を感じてお願いしますと任せる。

計量カップに計量スプーン、フライ返しにトング、お皿にスプーンとフォーク。マッシャーらしきものに麺棒みたいなもの。スキレットみたいなのも発見した。あとはピーラーが欲しい。

「ねぇ、おじいちゃん。ピーラーってない？」

「ぴーらー、でございますか？　申し訳ございませんが聞いたことがありません」

頭を下げるおじいちゃんに皮むき器やスライサーのことも聞いてみたけど、見たことがないと返ってきた。この世界にはないのかもしれない。あんなに便利なのに。

「今欲しいものはこれで充分かな」

「かしこまりました。どちらにお運びいたしましょうか？」

「ん？　持って帰るから大丈夫だよ」

「しかしその量では……」

「あぁ！　パパ達からもらったマジックバッグがあるから大丈夫なの」

「なるほど。至極納得いたしました。では商談室の方に移動していただいてもよろしいでしょうか？」

「はーい」

商談室では私の隣にブラン団長が座り、私達の後ろにフレディ副隊長とパブロさんが立った。向かい側のソファにおじいちゃんだ。部屋に置いてあるものは全てシンプルだけど高級そう。ソファもふかふかで座り心地が大変よろしい。

あの執事のお兄さんが紅茶を運んできた。それがセットされるとおじいちゃんが話し始めた。

「お待たせいたしました。本日のお品物は私共《わたくし》の商会からセナ様に贈らせていただきたいと思います」

「へ？　……いやいや、ちゃんと買うよ」

「いえ。騙されていたとはいえ、暗殺者を傍に置き、我が商会の従業員やお客様の命を危険に晒《さら》していたことを考えれば当然にございます。お詫びとお礼として受け取っていただきたく存じ上げます」

「マジか……うーん、それでおじいちゃんの気が済むなら、もらおうかな？　でも大丈夫なの？　あれ全部って結構な値段だと思うんだけど」

「私《わたくし》共の心配までしてくださるとは……ありがとうございます。肝に銘じて邁進《まいしん》していく所存にございます」

　えらく感動した様子のおじいちゃんはまたも頭を下げた。

　従業員の命は確かに危険だったかもしれない。でも一番危険だったのはおじいちゃんじゃないのかな？　会長補佐だったたって言ってたじゃん。あの暗殺者は〝お金を持っている幼女〟っていうお客さんを横取りするために、謝罪ってことで会う口実を作ったんだろうし、鑑定されたからし返しただけで、それがわかったのは偶然なんだよ。それにしても言い回しが丁寧すぎる！

「こちらこそありがとう」

「では商品をお持ちいたします」

　そう言ったおじいちゃんは手をパンパンと叩いた。

　運ばれてきたのは……オーブン付きのコンロの方。

「え⁉　私、一口コンロの方って言ったよね？」

「はい。確かにお聞きしました。ですがマジックバッグ持ちとのことでしたし、心配事は容量ではないと見受けられました。これで御恩がすべて返せるとは思っておりませんが……先ほどもらっていただけるとの言葉をいただきましたので」

柔らかな笑みを浮かべるおじいちゃんからは厚意しか感じない。言質《げんち》を取ったってことね。

「私はありがたいけど、ホントにいいの？」

「もちろんにございます」

「ありがとう！」

くれるって言うならもらっちゃおうと、無限収納《インベントリ》にしまっていく。オーブン付きのコンロに注目してたけど、ちゃんと一口コンロもあったし、なんならオーブン付きのコンロ用の踏み台まであった。

「(これらすべてが収納できるとは……) さすがセナ様でございますね……本日は我が商会まで足を運んでいただきありがとうございます。またの御来店を従業員一同、心よりお待ちしております」

何が〝さすが〟なのかわからないまま見送られて商会を後にした。余談だけど帰りの抱っこはブラン団長だった。

第六話　しばしの休息

今日は心配性なクラオルによって休息日となりました。昨日も特に何もしてないんですがね……クラオルいわく〝心の休憩〟だそうです。ゆっくりするならリゾートよね！　ってことで朝食を食べてからすぐにコテージの空間にやって参りました。

「ん〜！　気持ちいいねぇ」

コテージの前で思いっきり伸びをする。

『そうね。いつもすぐ建物の中に入っていたものね』

「パラソルがあったら海辺でもいいんだけど、ないから家の近くで休もうかな。クラオルも自由にしていいからね」

『ええ、そうさせてもらうわ』

家の近くにイスとテーブルを出し、果実水とフルーツとナッツをテーブルにセッティング。イスに座ってボーッと海を眺める。陽射しは暖かく、風は穏やか。ゆっくりと時間が過ぎていく気がする。あぁ……まったり。何もないと眠くなってくるね。サマーベッドで横になりたい。今度作ろう。

今は何もないので芝生の上にゴロンと寝転がることにした。片腕を曲げて頭の下に入れ、枕替わり。空には白い雲がゆっくりと流れている。夜は満天の星になるんだろうか？　穏やかな時間に瞼が重くなってきてそのまま眠ってしまった。

　ふとクスクスと笑い声が聞こえて意識が浮上する。

（ん……まだ眠い……クラオル……あれ？）

　目を閉じたまま、手でいつものぬくもりを探すけどいない。ゆっくりと目を開けると、エアリルパパとアクエスパパが隣に寝転び私の顔を覗き込んでいた。

「え……パパ？」

「セナさーんっ」

「セナ」

　二人は寝転んだままの私をギュウギュウと抱きしめてくる。

　んんん？　えっと……あぁ、コテージの芝生で寝てたんだっけ。

「えっと……どうしたの？」

「セナさんがこちらにいることがわかったので、遊びに来てみました」

　もぞもぞと動きながら質問するとエアリルパパが答えてくれた。特に用はなかったらしい。

「そっか。クラオルは？」

『いるわよ』

　近くにいたらしいクラオルは体を起こした私に駆け寄ってきた。

「何か困っていることはないか？」

突然アクエスパパに聞かれて戸惑う。

「ん？　特にないよ？」

「本当か？」

「あるとしたら食材関係かな？」

「食材？」

「うん。調味料で酢とみりんと料理酒が欲しいのと、出汁《だし》用に昆布と鰹節《かつおぶし》が欲しいんだよね。あ、あと服と魔道具の作り方を知りたい」

昆布と鰹節《かつおぶし》がわかっていない二人にわかる範囲で説明する。

「可能なら日本の神様に聞いてほしい。昆布と鰹節《かつおぶし》がムリだったらあご出汁《だし》でもいい」

『「「アゴ？」」』

「プッ！　その言い方だと顔の顎になっちゃうから。日本の九州地方ではトビウオのことをアゴって言うの。そのトビウオを乾燥させたやつを出汁《だし》に使うんだよ。これがすごく美味しいんだ」

「ふむ。それはどんな生き物なんだ？」

「地球では魚だよ」

「お！　水の生物なんだな!?」

アクエスパパが身を乗り出して聞いてきた。

「そうだよ。なんでそんな嬉しそうなの？」

「水の生物なら俺の担当だからな！　探してやる！」

「本当!?」

「あぁ。セナのためだからな」

「ありがとう！　海辺の街に行こうと思ってたからすごく嬉しい」

やる気満々のアクエスパパにニッコリとお礼を伝える。

「(僕も何か……)セナさんは先ほど服とおっしゃっていましたが、服が欲しいんですか？」

何故か焦ったようにエアリルパパが質問してきた。

「パパ達が作ってくれた服があるけど、交互に着るしかないからもうちょっと種類が欲しいと思って。他の装備は服ってより装備だから着にくくて……自分で作れたらクラオルにも可愛いのを作ってあげられるし」

「そうですか……あまり役に立てなかったんですね……」

〝ジョボーン〟と効果音が付きそうなくらいエアリルパパが落ち込んでしまった。

「ごめんね。せっかく贈ってくれたのに。他の装備品は返すよ」

「いえいえ！　毎日僕達が作った服を着てもらえてとても嬉しいです。他の装備品もいつか役に立つかもしれないのでそのまま持っていてください」

グッと拳を握るエアリルパパを見て返答に困る。

(ビキニアーマーは一生着ることないと思う……)

「そういえば、この世界に私の他に異世界から来た人っているの？」

「過去には何人かいましたね。今はセナさんだけだと思います。代表的な方々はセナさんが来た世界とは別の世界から来たんですが、彼らが冒険者ギルドと商業ギルドを作ったんですよ」

「へぇ～、すごい人達だね」

「セナさんもすごいですよ！　あの美味しい料理の数々！」

「いやいや。あれは日本で普通に食べられてたものだから、私がすごいんじゃなくて開発してくれた人がすごいんだよ」

料理をよく褒めてもらうけど、完全に他人の功績を横取りなんだよなぁ……素直に喜べない。

「ですがセナさんが作ってくれなければ僕達は食べることができませんでした。この世界では料理は発展していないのです」

「あ、やっぱり？　ほとんど塩味だからそうかなって思ってた。教えてもらった情報も料理に関するのはほとんどないし……。日本人には味噌と醤油は馴染み深いけど、地球でも違う国から来てたら食べなそうだもんね」

「はい。過去に来た方々は料理に特に何も思わなかったようです。むしろおなかいっぱいお肉が食べられると喜んでいた人が多かったと記憶しています」

「そこまでか……」

「はい。なので僕達はセナさんの作る料理が大好きです！」

「それはよかった」

話している途中で、お昼を知らせるクラオル時報が入った。

「もうそんな時間かぁ。クラオル何食べたい？」

『パンかおにぎりか……作り置きしてあるやつがいいわ』

「ふふっ。せっかくコテージにいるし何かキッチンで作ろうか？」

『……今日はお休みなのにいいの？』

「それくらい大丈夫だよ。心配してくれてありがとう」

膝の上のクラオルを撫でてから肩に乗せて立ち上がる。

「パパ達も食べるでしょ？　中に入ろ？」

「「食べる！」」

元気よく返事をした二人が素早く立ち上がる姿に笑ってしまう。

二人と手を繋ぎながらコテージのキッチンへ。

(連行される宇宙人みたいだな)

ダイニングで待っていてもいいのに、キッチンでソワソワする二人を見つつ何を作るか考える。

さてどうしようか。やっぱりお米系かな？　炒めものもありだし、リゾットってのもあり。

『ねぇ、主様。前に呪淵《じゅえん》の森でガルド達に作ってたバタージョウユイタメが食べてみたいんだけど、できる？』

「大丈夫だよ。じゃああれにしようか。作るからちょっと待っててね」

クラオルからのリクエストでバター醤油炒めがくるとは思ってなかった。あのとき食べさせてあげればよかったね。

じゃが芋、キノコ、ブロッコリーの頭なしみたいな形のアスパラガスを切っていく。時短のためにじゃが芋はレンジでチンした。電子レンジって素晴らしい！　フライパンで炒め、味付けして味を調《ととの》えたら完成だ。私の好みの問題で粗びきコショウが多めです。

バター醤油の香りに触発されたのか、パパ達のおなかが早くしろって訴えてくる。すぐ食べたいだろうし、あとはお味噌汁とおひたしでいいかな？

ダイニングに移動して作ったものをテーブルの上に並べる。大皿にしてケンカになったら困るのでそれぞれ別々のお皿にしておいた。

みんなでいただきます。三人とも気に入ったみたいであっという間に食べきった。

「すごく美味かった。目の前で料理ができていくのは面白いな」

「とっても美味しかったです！　やっぱりセナさんの料理は最高ですね！」

アクエスパパもエアリルパパも満足してくれたらしく一安心。

食後は神界でアクエスパパが出してくれるいつものお茶で一服。煎餅《せんべい》食べたいな……

「そういえばセナは部屋を見たのか？」

ふと思い出したかのようにアクエスパパが話題を振る。

「部屋？」

「この別荘の部屋だ」

「部屋って？　パパ達の部屋？」

意味が通じていないのがわかったのか、ガタンッ！　と大きな音を立てて二人が立ち上がった。

「何を言っている！　ここはセナの別荘なんだぞ!?　セナの部屋がないわけないだろう！」

「そうですよ！　僕達が遊びに来ているんですから！」

「行くぞ！」

アクエスパパにサッと抱えられて向かった先は主寝室の前だった。

「ここがセナの部屋だ。これがセナのマークだぞ！」

ドアにはハートに一対の天使の羽が付いていて、その下にはこちらの世界の文字で〝セナ〟と名前が。両方とも木彫りだからガイ兄《にい》が作ってくれたと思われる。ハートに羽……一回死んでこの世界に来たからある意味的確だね。

うんうんと頷いているとエアリルパパがドアを開いた。

「次は中です」

ん!?　なんか前に来たときと違くない？　完全に私好みになってるじゃん……

ベッドも前は大きいだけだったけど、カバーがラインの入ったシンプルなデザインに。壁にはアクリルパネルみたいな額縁《がくぶち》に入れられた南国植物の葉っぱ。置いてある家具も少し変わっていて高級感たっぷり。ラグはふわふわだ。海外のリゾートホテルの一室みたいである。

(私の部屋なら土足厳禁にしよう！)

「すごーい！　前と変わってる！」

「僕達で集めました。セナさんの好みが海辺のリゾート地とのことでしたので、好みに合うように模様替えしてみたんです」

「わぁ～、すっごい嬉しい！　部屋も懐かしの好きな匂いだし！」

「はい。セナさんの記憶上の好きな香りを再現しました」

「そんなこともできるの？　パパすごい！」

「えへへ。喜んでもらえて嬉しいです。あとパジャマも用意しました」

照れるエアリルパパによって開かれたクローゼット内には可愛いパジャマがたくさん入ってい
る。っていうかクローゼットを埋め尽くしていた。

「まさか、これ、全部パジャマじゃないよね？」

「全部ではありません。こっちはセナさん用の水着になります」

「え？　水着？　そっち側は全部水着？」

「はい！　この世界では水着という概念がないので作りました！」

褒めて褒めてと目で訴えてくるエアリルパパに乾いた笑いが漏れる。

クローゼットの半分が水着って……神様何やってんの……仕事しようぜ。幼女に大量のパジャマ
と水着を用意する神様って、孫にプレゼント買いまくるおじいちゃんみたいだよ？　パジャマより
新しい普段着の方がありがたいよ？

「あ……ありがとう……今度ちゃんと見てみるね」

顔が引き攣《つ》るのを感じながらもお礼を言うと、エアリルパパは嬉しそうにニッコリと笑った。

「次は書斎だな」

アクエスパパに連れていかれた書斎も様変わりしていた。

本棚は空《から》だったのに、全ての本棚にビッシリと本が詰まっている。執務ができそうな机とセット

のイスはゲーミングチェアのようなリクライニングもできるタイプに。新たにソファも増えていて、寛《くつろ》げるようになっていた。

「ここに来れば大抵のことが調べられます。教会に来られないときや夜などはここで調べるといいと思います」

「おぉ！　それはとってもありがたい！」

「他にもこの別荘に必要と思われるものは揃えましたので安心してください」

「わぁ～！　ありがとう！」

これで魔道具とか詳しく調べられるじゃん。まじナイスだわ。早速この本を読みたいな！

「目が輝いたな。おっと、ちょっと待ってろ。ガイアから連絡が来た………例の結界石ができたらしい。これからここに届けに来るそうだ」

なんとまぁいいタイミングで結界石ができるもんだわね。本読みたかったのに……

「うっ……名残惜しそうだが、リビングに移動するぞ。そんな顔で見るな。いつでもここに来られるんだから、今すぐに読まなくてもいいだろ？」

そんな顔ってどんな顔よ？　私的には今すぐ読みたいよ？　アクエスパパが私を抱っこしたままリビングに向かって歩き出した。あぁ、さようなら。私の本達よ……

リビングのソファでアクエスパパが出してくれたマグカップのお茶を飲んでいると、玄関のドアが開く音がした。

「待たせたね」

「妾《わらわ》も来たぞ」

現れたのはガイ兄《にい》とイグ姐《ねぇ》だ。

前と同じく、私の両サイドにはパパ達二人、向かいのソファにガイ兄《にい》とイグ姐《ねぇ》が座った。

「早速だけどコレが以前言っていた結界石だよ」

ガイ兄《にい》がどこからか出したのは直径二十センチほどの玉。玉は虹色のマーブル模様が絶えず動いていて淡く光っている。特に信心深いわけではないけれど、神聖なものだとわかった。

「結界石って四つセットじゃないの？」

「通常はそうなんだけど、今回いろいろできるようにしたくてね。それで特別なものを用意したんだ」

「久しぶりに神界の霊山に行ったのじゃ。セナはあの教会にたまに遊びに行こうと思っているじゃろ？」

「え⁉　なんでバレてるの⁉」

「ハッハッハ。セナはある意味わかりやすいからのぉ。それくらいは想像がつく」

「コレならあの廃教会もずっと守れるし、盗賊や山賊など悪い心を持った者は近付けない。なんなら、セナさんが許可しなければ誰も近付けないようにもできる。森の害意は外に出ないから森が広がる心配もない。それにこれは魔力を補給しなくて大丈夫だから、半永久的に使えるんだ」

「ほへぇ〜。なんかよくわからないけど、すごい玉なんだね？」

「くっ。そう、すごい玉なんだよ。使い方は簡単だよ、教会にある僕達の像に埋め込んでくれればいい。おそらく像自体は壊れているけど、セナさんが入れって念じて押し込んだら入るから。誰か一番マシな像に埋め込んでもらえるかな？」

え⁉　何その雑な感じ！　押し込んでその玉入るの⁉　普通入らないよね⁉

「も、もし全部粉々だったら？」

「そしたら教会の床にでも埋め込んでくれれば大丈夫だよ。床にもちゃんと入るから」

床にも入るの⁉　どんな仕組みしてるの⁉

「じゃあ逆に全員ピッチリ残ってたら？」

「そしたら誰か選んで埋め込んで」

ガイ兄《にい》はそう言ってウィンクをキメた。

「誰か一人選ぶなら俺だよな？」

「え？　僕ですよね？」

「妾《わらわ》じゃろ？」

「ふふっ。誰を選ぶんだろうね？」

ガイ兄《にい》の一言で神達の言い合いが始まってしまった。

誰か選んだらまたヒートアップしちゃいそう。ケンカになったら困るからパナーテル様に埋め込もう。埋め込めるならだけど。

「明日早速行こうか？」

『いいの？　もっとゆっくりしててもいいのよ？』

「きっとみんなクラオルに会いたいと思うんだよね。それにあんまり日にちが経つと結界石のこと忘れちゃいそうだし」

『主様がいいならいいけど……』

「いいに決まってるじゃん。明日楽しみだねぇ」

マグカップのお茶を飲みつつクラオルをモフモフ。口喧嘩をする神達は仲のいい兄弟みたい。

しばらく神達を眺めていると、クラオルから声がかかった。

『主様、そろそろ夜ご飯の時間よ？』

「あれ？　もうそんな時間？　じゃあ宿に戻らないとだね。パパ達～！　私そろそろ宿に戻るよ。みんなはゆっくりしていってね」

パパ達に告げてソファから立ち上がると、アクエスパパとエアリルパパが手を広げた。

ん？　あぁ、ハグですね。了解です。

イグ姐《ねえ》とガイ兄《にい》にも望まれたため、結局全員とハグすることになった。

第七話　ファミリーと再会

女将さんのお弁当を受け取ったときに今日は部屋に閉じこもることを伝えておく。

しっかりと結界を張ってからマップを確認。目を閉じて廃教会に転移で飛ぶイメージをする。

ゲームみたいにシュンッ！　て飛ぶイメージだ。

目を開けるとすでに目の前に廃教会があった。

マジか……本当に来られるとは……思いの外簡単だったな。すぐに来られるようにマップのこの場所に印を付けておく。カーナビのメモリ機能みたい。

よし！　やろうじゃないか。

とりあえずと建物全体に【クリーン】をかけると、ところどころ壁を覆《おお》っていた蔦《つた》も片付いてしまった。時間が巻き戻ったかのようにヒビの入っていた壁まで直ったことに驚きが隠せない。まぁ、キレイになったのなら気にしなくていいかと中に入る。

「廃教会にしてはマシだと思うけど、やっぱり廃教会だね。ガイ兄《にい》が言ってた像も顔とか腕とか落ちてるじゃん……怖いわ」

これちょっと時間をかけて直したいな……この状態に玉だけ埋め込んで〝はい、できた〟とは言いたくない。

「ねぇ、クラオル。明日からちょっとここに通ってもいい？　その間クラオルは実家にいたかったら送ってくし、迎えにも行くから」

『何言ってるのよ！　一緒にいるに決まってるじゃないの!!　通うってことはあの像とか直すのね？』

「そう。さすがにこの状態に埋め込んで終わりはひどいと思うんだ。ベンチも腐ってるしさ」

『わかったわ。今日から始めるの？』

「今日はクラオルの実家だよ。約束だからね。今日一日くらいなら私の結界でなんとかなるでしょ！」

教会全体にホコリや汚れがなくなるイメージで【クリーン】を浸透させる。

ん？　なんか白っぽく光った気がするし、全体的に明るくなった？　そんなに汚かったのか……

教会を出てから自分達に【クリーン】をかけ、その後、教会を包み込むように結界を張る。

「よし！　じゃあクラオルの実家に行こう！」

マップを確認してマーカーピンが付いている場所にシュンッ！　と飛ぶのだ！　……飛んだ？

いや。目の前が一瞬グニャッてなっただけだった。

急に目の前に現われた私達に驚いているクラオルファミリー達。

「ごめんね。久しぶり！　転移の魔法で来たの。ちゃんとクラオルも一緒だよ」

クラオルを肩から降ろしてあげる。

『キキッー！』

一匹が大きく鳴くと、どこからともなくファミリーが集合し始めた。

その後は宴会だった。

お土産だよ！　と、大量のフルーツにドライフルーツ・ナッツ類・ジャムパンを無限収納《インベントリ》から出してそれぞれの山を作る。それを見ていたファミリーは喜びながらパン山に群がった。クラオルはクラオルで大人気。みんなに囲まれている。さすが私のクラオル！

百匹以上のファミリー達はさながらリス公園のよう。赤・白・黄色・ピンク……カラフルすぎるクラオルファミリー。いろんな色の子がいるのに何故か暗い色の子はいない。そんな中、一匹だけ薄灰色の小さい子がいた。

うわぁ！　可愛い！　灰色シマリスとサファイアブルーハムスターを足したみたい！　昔、ハムスター飼ってたんだよね。

他の子達に遠慮してるのか集団から少し離れている。目が合ったらわかりやすくビクッ！　っとされた。嫌われているんだろうか……わからないけどお近付きになりたい一心で手招きしてみた。戸惑いつつも近寄ってきてくれたので両手で持ち上げる。

「キミ珍しい色なんだね？」

私が言うとショボーンとしてしまった。

「ごめんね。気にしてたんだね。でもキミのその色は個性だと思うよ？　だってこんなにも可愛いんだもん！」

私は語りかけながら耐え切れず頬ずり。

「うわぁ〜！　ふわふわ！　可愛い！　たまんない！」

ニコニコして撫でまくる。

「あ。ごめんね。夢中になっちゃった。生まれたてなの？　ちゃんと食べてる？　何か食べたいものある？」

親戚のおばちゃんのごとく私が聞くと、ドライフルーツの山を一瞬見てフルフルと頭《かぶり》を振った。

「言葉がわかるんだね。クラオルみたい。……はい、どうぞ召し上がれ〜」

足を伸ばして座り直し、膝の上にドライフルーツを出して薄灰色の子の横に置いてあげる。

「遠慮しないで食べて。みんなのために持ってきたんだから」

私が言うと遠慮がちではあるものの、食べ始めた姿にホッと息を吐く。やっぱりおなかが空《す》いてたみたい。チラチラと私を窺《うかが》いつつも食べる手は休めない。

「ふふふっ。何この子めっちゃ可愛い。お持ち帰りしたいくらい可愛い」

『主様浮気!?』

いつの間にかクラオルが近くに来て怒っている。

「あれ？　クラオル、みんなと話さなくていいの？」

『それどころじゃないわ！　浮気!?　浮気なの!?』

「え？　あはは！　違うよ〜。おいで。ヤキモチ妬《や》くなんてクラオル可愛すぎ！」

クラオルは私が伸ばした腕を伝っていつもの右肩のポジションについた。

『その子をお持ち帰りするならワタシはいらないってこと？』

「そんなわけないでしょ。クラオルが大好きなのに離れるのは嫌だよ。もう可愛いんだから。クラオルはどんだけ私をキュンキュンさせれば気が済むの？」

『キュンキュン？』

「キュンキュン。クラオルは特別だからね」

『ふふふっ。特別……！　しょうがないから許してあげるわ！』

「ふふっ。許してくれてありがとう。この子、ハムスターとリスを足した感じで可愛いね」

私達のやり取りのせいでオロオロしているのを撫でて落ち着かせてあげる。

『前に甘いお酒の木の近くで死にかけてるところを保護したのよ』

「甘いお酒？　甘酒？」

『主様の言うそれかどうかはわからないわ。ちょっと黄色くて透明ね』

「この世界、たまに色が違うからな……一緒だとしたらラム酒とかブランデー？　あれはどっちかって言うと茶色か……じゃあリキュールって可能性も……」

『――様！　主様ってば！』

ブシブシと頬を突っつかれて我に返った。

「ん!?　ごめん。ちょっと考えてた」

『気になるなら行ってみる？』

「いいの!?　行く！　キミは行きたくないかな？」

死にかけてた場所なら近付きたくないかと聞いてみる。

『キキッ。キキキ』

大丈夫って言ってるっぽいけど自信はない。

「クラオルさん通訳お願いします」

『ふふっ。大丈夫。一緒に行きたいって』

「そっか！　じゃあ一緒に行こう！　キミは小さいからポケットでいいかな？」

膝の上のドライフルーツを集めて地面に置き、立ち上がってパンパンとカスを払ってからポケットに案内してあげると頭から潜り込んだ。

（くっ！　そのフリフリするお尻もたまらん！）

他のクラオルファミリーにちょっと出かけてくることを伝えて、身体強化をして走り出した。

クラオルに場所を聞きつつ走ること二時間。ようやく到着。

途中で魔物と遭遇したけど、お酒の木が気になって仕方がない私は走りながら倒した。魔物の残《ざん》骸《がい》は帰りに回収します！

『懐かしいわね』

「クラオルさん、その甘いお酒の木はどれ？　どうやってお酒を出すの？」

『んもう！　食べるものに夢中なんだから。木を傷付けると出てくる樹液よ！』

「樹液!?　樹液がお酒なの!?」

『そうよ。ここら辺一体の木がそうよ』

早速傷付けてみるとタラタラと水分が零《こぼ》れてきた。匂いは強くなくて、ちょっと甘い匂いがするくらい。その樹液に指を付けて舐めてみる。

お？　これは……これは……みりんじゃないか!!

「みりんだー！　みりんだよ！　最っ高！　そういえばみりんって江戸時代、お酒として飲まれてたんだっけ？」

『お酒じゃないの？』

「ふっふっふ。これは調味料だよ！　お酒扱いだけど立派な調味料！　ぜひこの樹液を集めよう！　集めるには……垂れるのを集める部品と、樽《たる》かなんかが必要だね。早速作ろう！」

『んもう主様ったら……』

呆れたようなクラオルの呟きが聞こえた気がするけど、今はテンションが超高いので気にしない！

木材を出して超特急で作り始める。

三十分そこそこで一つ目の樽《たる》ができあがった。要領を掴み、先ほどよりもスピードを上げて数を増やす。とはいえ、部品や桶などトータルで二時間もかかってしまった。全てに防水加工を施し、クラオル達の手も借りてセッティング。あとは溜まるのを待つばかりだ。

「二人とも手伝ってくれてありがとう。この木って他の森にもあるの？」

『わからないけど、ワタシが知ってる限り他の森では見たことがないわ。ここだけよ』

「そっかぁ……これ移植できないかな？」

『移植？』

「そうそう。これもそうだけど、味噌と醤油の木とかもコテージの近くに植えられたら、すぐ手に入るじゃん？　そしたら便利なのになって。毎回ここに来てもいいんだけど、集めるのに時間がかかるのと、この森は魔物がいるから設置したやつが壊されそうだなって思って」

『そうね。それはありえるわね……』

「お。何個か溜まってる。移さないと」

私が桶から樽《たる》に移している間、クラオルは灰色リスハムちゃんと何か話していた。

あ……これ、今日だけだと樽《たる》一杯分は溜まらないな。樽《たる》を作ったの失敗だったかも。今溜まってる分は鍋に移しちゃお。

『主様！　そろそろお昼よ！』

「はーい。私はお弁当あるけど、クラオル達は何食べたい？」

『焼きおにぎりがいいわ！　今日は味噌味！』

「ふふっ。こないだは醤油だったもんね。……はい。どうぞ召し上がれ！」

クラオルと灰色リスハムちゃんのお皿に焼きおにぎりを一つずつ載せて渡してあげる。灰色リスハムちゃんはすごく驚いていたけど、クラオルに何か言われて食べ始めた。私は木の根元に座って宿のお弁当。やっぱり量が多くて、残りは無限収納《インベントリ》行きになった。

食べている間に溜まったみりんを鍋に移す。みりんは大量消費することはないから、しばらくは持ちそうだ。あとは酢があれば料理のバリエーションが広がるのに！

『主様、この子と契約しない？』

突然クラオルに言われてびっくり仰天。そんな素振りなかったじゃん。

「へ？　さっきあんなにヤキモチ妬《や》いてたのに？」

『ちょっと思うことがあってね。それに、もう三年経つのに群れに馴染めていないらしいのよ。だから連れ出してあげる理由ができるでしょ？』

「私は全然ウェルカムだけど、本人が了承しなきゃダメだよ？」

『ちゃんと聞いたわよ。一緒に来たいって言ってるわ。ただ戦う力はないって』

「そんなのは全然問題ないかな。一緒にいてくれるだけで充分癒されるから。私だいぶ自己中だけど一緒に来る？」

私が聞くとブンブンと勢いよく頷く灰色リスハムちゃん。きゃわいい。

「ふふっ。ありがとう。私はセナ。名前考えないとね。この子は男の子？　女の子？」

『男よ』

「うーん。じゃあ……グレウスってどうかな？」

掌に乗せたリスハムちゃんに提案するとピカーッと一瞬だけ光った。

『ご主人様、よろしくお願いします』

「かっ、可愛い！　……でもご主人様呼びはやめてくれると嬉しいな」

ペコリとお辞儀をしたグレウスにしばし頬ずり。それからお願いする。

『あら。そうなの？』

「なんか召使いみたいじゃん。でもそうするとクラオルの主様もそうか……クラオルも好きに呼んでいいよ？」

『主様は主様よ。でもたまに名前で呼ばせてもらうわ』

『えっと……じゃあボクは主《あるじ》って呼んでもいいですか？』

「いいよ～。もちろん名前でもいいからね。それにもう家族なんだから敬語じゃなくていいんだよ？」

『家族……か、ぞ、く…………うぅっ……』

「え!? 何!? ダメだった?」

『ちがっ……と、ても嬉しいっ、ですっ!』

「そっかそっか。嬉しいならよかったよ。グレウス。これからよろしくね」

『っはい! ……よろしっく、お願いっ、しますっ!』

なかなか泣きやまないグレウスを撫でていると、泣き疲れたのか眠ってしまった。

「この子、冷遇されてたの? こんなに可愛いのに」

『そういうわけじゃないのよ。仲間に虐《いじ》められてて逃げてきたのを保護したのはいいものの、この子がワタシ達に遠慮しすぎてどうにもできなかったのよ。ワタシ達は毛色が違うとか体が小さいとか、ちょっと尻尾が短いとか気にしないんだけど、ずっとそれで虐《いじ》められてたみたいで本人が気にしてるの。主様が可愛いって褒めてあげて、焼きおにぎり渡したでしょ? 普通に接してもらえたのがすごく嬉しかったみたい。それで「傍にいさせてくれませんか?」なんて聞いてきたのよ? そんなこと言われたらダメって答えられないじゃない!』

「ふふっ。クラオルは優しいね。いろいろ教えてあげてね。きっと森を出たら私以上にわからないだろうから」

『わかってるわ。そろそろ日が陰るから戻りましょう』

「回収するからちょっと待っててね」

一連のやり取りの間に新たに溜まったみりんを移す。やっぱり鍋で事足りる量だった。まぁ、しばらくは大丈夫だと思うし、なくなったらまた取りに来ればいいか。

設置した道具類を一通り片付け、みりんを滴《したた》らせている切り口に【ヒール】をかけて傷口を塞いでおく。マップに印を付けておくことも忘れない。

「オッケー、帰ろう！」

行きに倒した魔物を回収しつつ、クラオルファミリーのところへ戻る。私が出したお土産の山はだいぶ小さくなっていた。気に入ってもらえたことを実感するね。

「みんなー！　灰色リスハムちゃんは私と契約したので私がお持ち帰りします！　名前はグレウスだよ。また遊びに来るからそのときは仲よくしてね」

クラオルに集めてもらってご報告。すぐ散っていったファミリー達を不思議に思っている間に一四、また一匹と何かしらを持って集まってきた。

『グレウスに渡してほしいらしいわ』

なんとみんなからの激励兼餞別《せんべつ》だった。

「みんな優しいね。グレウスは疲れて眠っちゃってるから、ちゃんと後で渡しておくね。きっと喜ぶよ」

クラオルに促されてみんなに別れの挨拶をしたら転移で一度廃教会へ。そこから再度転移で宿の部屋に飛んだ。

夜ご飯を食べて部屋に戻り、着替えるためにグレウスをポケットから出すと起きてしまった。周りが森じゃないからか、落ち着かない様子で部屋を見回している。

「ごめん、起こしちゃったね。時間になったから私が泊まってる宿に戻ってきちゃったんだ。お別れの挨拶したかったよね？」

『いえ、ボクは……』

「みんながね、私がグレウスを連れていくって言ったら、グレウスにっていっぱいお土産をくれたんだよ。夜ご飯に食べる？」

『そんな……ボクなんかに……』

「なんかじゃないよ。グレウスもちゃんとクラオルファミリーの仲間なんだよ。今度また一緒に帰ろうね？　きっとみんな暖かく迎えてくれるよ」

『うぅ……』

手早く着替え、泣き出してしまったグレウスを抱き上げる。一緒にベッドに入ってグレウスとクラオルを撫でていると、グレウスは再び泣き疲れて眠ってしまった。私と行動して少しでも自信を持ってくれたらいいな。いっぱい褒めてあげなくちゃ。

第八話　像の大修理

今日もいつも通りクラオルが起こしてくれた。

「おはよう。クラオル、グレウス。クラオルいつもありがとう」

『主様おはよう』

『おはようございます』

「硬いなぁー。グレウスは。もっとリラックスしていいのに。そのうち慣れてくれると嬉しいな。さて日課をしよう！　あ。その前に従魔登録しないと。首輪の石は何色がいいかなぁ？　サファイアブルーハムスターの色と似てるからサファイアってことで、青はどうかな？」

『あ……主《あるじ》が決めてくれたのがいいですっ』

「何その発言、可愛すぎ！　クラオルさん。グレウスが可愛すぎます！　どうしましょう？」

『いいから選びなさい！』

「はーい」

無限収納《インベントリ》からお目当ての色の石が付いている従魔の首輪を出して、グレウスの首に着けてあげる。

『わわっ！』

「ビックリしちゃった？　ごめんね。自動サイズ調整が付いているんだ。これは従魔の首輪っていうの。私の従魔ですよって印になるから外さないようにしてね」

コクコク頷くグレウスを撫でて首輪に魔力を流す。ポワッと一瞬光ったから、問題ナシ。続いてギルドカードにも魔力を通す。こちらも問題なく、無事に従魔の登録完了となった。

クラオルが右肩だからグレウスを左肩に乗せ、一階に下りる。毎朝のルーティンである裏庭でストレッチだ。クラオルが一緒にやっているのを見て、グレウスも見よう見真似でストレッチを始めた。モフモフがストレッチ……大変可愛い。

「これがわたしの朝の日課なの。気が向いたらグレウスもやってみてね。さ、朝ご飯食べよ」

再び肩に乗せ、食堂に入ると女将さんに驚かれた。

「おや、また可愛い子が増えたんだね！　いつの間に従魔にしたんだい？」

(やっば！　昨日引きこもってた設定だった！)

「これからは外に出すからよろしくお願いします。グレウスっていうの。暴れたりしない大人しい子なの」

女将さんに嘘はついてない。でもすごい罪悪感！

「そうだったのかい。珍しい魔物を二匹も従魔にできるなんてすごいね！　他のお客さんに迷惑かけないなら構わないさ」

「ありがとう！」

女将さんが去っていってからこっそりと息を吐く。変な汗かいた……

朝食はクラオルとグレウスに協力してもらって完食できた。おなかがはち切れそうなくらいパンパンだけど。

お弁当を受け取って一度部屋に戻る。

「部屋に引きこもりってことにしてたの忘れてたよ」

『ワタシも忘れてたわ。今日、グレウスはポケットに待機して一度門から出た方がよさそうね』

「うん。私もそう思う。グレウス、街を出るまでポケットで待機お願いできる？　帰りは出ても大丈夫だから」

『はい！　大丈夫です』

「窮屈な思いさせちゃってごめんね」

『主《あるじ》と一緒にいられるので大丈夫です！』

「くぅ！　可愛すぎる！」

『ふんっ！』

「ふふっ。もちろんクラオルも可愛いよ。大好きだから拗《す》ねないで？」

クラオルを宥《なだ》め、グレウスにはポケットに入ってもらう。東門を出て、門番の騎士が見えなくなってから廃教会への転移を行使した。昨日張っておいた結界に異常は見当たらなかったから大丈夫だったんでしょう。クラオル達には自由にしてもらい、私は像の修理だ。せっかくなら心安らげるようにしたい。お祈りに来る人は稀《まれ》だろうけど、ケガを負った人が避難してくるかもしれないしね。

祈りの間にある大きなパパ達の像は一段高い場所にあった。懸垂で登って近付くと、その大きさを実感する。白いから……石膏像だろうか？　間近で見れば見るほど劣化がヒドイ。頭や腕が落ちてるだけかと思っていたのに、体の方にもヒビや亀裂が入っているし、一番右の像なんて腰から上が崩れている。

どうやって直そうか……木工ボンド的なものも瞬間接着剤もない。蝶番《ちょうつがい》を作ったときみたいに魔力でくっ付かないかな？

どうせぶっ壊れてるんだしダメ元でやってみるだけやってみよう！　と魔力を流し込んでみる。

ヒビや亀裂がなくなるようにヒールを使うイメージで、光魔法の魔力だ。淡く発光し始めると共にヒビも亀裂も直り始めた。

（お！　いい感じ？）

一旦ボディの方に流している魔力を止め、周りに散乱している像の欠片を拾って鍛冶と錬金の要領でくっ付けていく。五体全てに同じ要領で欠片をくっ付け、なんとなくの形を造る。

カリダの街の教会で見たパパ達の像の順番からすると、左からアクエスパパ・エアリルパパ・パナーテル様・イグ姐《ねぇ》・ガイ兄《にい》だろう。ということは、一際大きい真ん中の像はパナーテル様か……パナーテル様、見たことないいんだよね。カリダの街の教会を思い出すしかないけど、全然思い出せない。これは明日教会でチェックして覚えてこなきゃな……ひとまず何回も会っている四人を造ろう。

一番左のアクエスパパから取りかかる。ふと思い出して音楽を聞きながらやることにした。口ずさみつつ、まずは服を魔力で形造っていく。神達がいつも同じ服装で助かったわ。毎回違う服だったら困るもんね。服を造り終わったら像に登って顔だ。

（あ……これ、上から造っていく方がよさげだわ。アクエスパパ、実験みたいになってごめんね。いつも見てるイケメンの顔を正確に造るから許して）

再現するのは微笑んでる顔。結構魔力を消費していくのがわかる。お祈りしてる人にちゃんと表情が見えるように下りては確認して、微調整していく。髪の毛や耳の形までなるべく忠実に。

アクエスパパが終わったら次は隣のエアリルパパ。ついさっき学んだので、今度は像に登って顔から造っていく。エアリルパパは可愛いニッコリした顔。今回も下りて確認しては登って微調整を繰り返す。

『主様！』

「うわっ！」

――ドンッ！

唐突にクラオルに呼ばれたことにびっくらこいて像から落ちた。

『キャァァ！　主様大丈夫!?』

クラオルとグレウスが駆け寄ってきた。

「ごめん、ごめん。衝撃はあったけど全然痛くないから大丈夫だよ。物理攻撃耐性って万能だね」

『何呑気なこと言ってるのよ！　大丈夫なの？　ケガは!?』

「全然大丈夫。ごめんね。ビックリして落ちちゃっただけだから」

『ごめんなさい。ワタシが急に声をかけたから……』

「クラオルのせいじゃないよ。私の不注意だから気にしないで。それよりどうしたの？」

『ご飯の時間だから呼んだのよ』

「もうそんな時間？　夢中で気付いてなかった」

『主様ってば何かに夢中になるとすぐにご飯忘れるんだから！』

「ごめん、ごめん。二人とも今日は何食べたい？」

少し広い場所で会話と並行して【クリーン】を全身にかけ、無限収納《インベントリ》に入っていた敷布を広げる。

私が座るとクラオルとグレウスもそれに倣《なら》った。

『ワタシはメロンパンがいいわ！』

「グレウスは？　って、グレウスは何があるかわからないよね。ごめん。今日はクラオルと同じメロンパンにしてみる？　それとも慣れてるナッツそのままとか、ナッツパンとかの方がいい？」

『メロンパン食べてみたいです！』

「試してみてダメだったら違うのもあるから遠慮なく言ってね。はい、これがメロンパンだよ」

『主様、半分こするから一つで大丈夫よ。大きいから一つずつだと多いわ』

「そう？　足りる？」

『足りるわ。パンは半分でおなかいっぱいになるもの』

「じゃあ足りなかったら言ってね？」

二等分にしたメロンパンをクラオルとグレウスのお皿に載せる。私は女将さん特製のお弁当をいただきます。相変わらず量が多い。今日も無限収納《インベントリ》の在庫が増えてしまった。

果実水で喉を潤しながらグレウスを見てみると夢中で食べていた。クラオルは食べ終わったみたい。二人にも果実水を出すとお礼を言われた。グレウスのコップやお皿も作らないとだ。作るとしたら、夜ご飯と寝るまでの間かな？

昼食後、ひと息ついたら作業を再開だ。エアリルパパの顔の続きから。

（ニッコリ顔にして失敗したかも。難しい！　でも今更変えたくはないから意地でも完成させてやる）

音楽再生スキルで流してる曲を口ずさみつつ、細かい調整を繰り返すことになった。

『主様ー！　今日は門を通らなきゃだから、そろそろ帰らないとマズイわよ！』

「ちょっと待ってー！　あとこれだけ！　ここだけやらせて！」

クラオルに焦らされながらなんとか顔を作り終えた。

「お待たせ。戻ろう。グレウスももう肩で大丈夫だよ？　それともポケットが気に入った？」

ポケットに入り込んだグレウスに問いかけると恥ずかしそうに出てきた。可愛い！　可愛いよ！

二人を両肩に乗せたら教会を出る。結界を張れたことを確認したらカリダの街の東門から少し離れた場所に転移。あたかもずっと外にいたかのように門番の騎士にギルドカードを提示した。

食後はお昼に決めた通りコテージでグレウス用の食器を製作。そこで明日の予定も決めた。

◇◆◇

グレウスも一緒に朝の日課をしてから朝ご飯を食べた。女将さんからお弁当を受け取ったら、鍵を預けて街の教会に向かう。

お祈りをしないままパナーテル様を見上げる。いつも可愛いクラオルやグレウスの写真を撮りたいと思ってたけど、今日ほど写真を渇望したことはない。

(大きいから顔が遠くて細かいところが全然わからん。覚えられる気がしない……)

「(ねぇクラオルさん。パナーテル様って会ったことある？)」

『(ないわ。ガイア様以外は会ったことなかった……っていうか、主様と一緒になるまで、ガイア様に会えたのは眷属《けんぞく》になったときの一回だけよ。普通は会えないわ)』

「(だよねぇ……遠いし、全然覚えられる気がしないんだけど……)」

「どうかいたしましたか?」

クラオルと念話で話していると、近くで女の人の声がした。顔を向けると教会のシスターみたいな格好をした人がこちらを見ていた。

「どうかいたしましたか?」

再び声をかけられて私に話しかけていたんだと理解する。

「あ。ごめんなさい。私に言ってると思わなくて」

「急に失礼いたしました。これまで何回かお祈りに来ていらっしゃる方ですよね? 困っているようにお見受けしましたので、声をかけさせていただきました」

(すんごい丁寧なシスターさんだな……私が何回か来てること覚えてるんだ)

「えっと……パナーテル様のお顔が遠くてわかりにくいなと思って見てました」

「なるほど。そうですね……こちらへ来ていただけますか?」

そう言って歩き出したシスターは、振り返って私が付いてくるのを待っている。奥に繋がるドアをくぐり、廊下に出ると似たようなドアが四つ並んでいた。そのうちのドアの一つの前に案内された。

ドアの近くで待機していると、シスターは大きな箱を持ってきて、三十センチくらいの像と絵画を取り出した。

「こちらがパナーテル様の肖像画と言われているものです。そしてこちらはパナーテル様の像の小さなものになります」

おぉ！　それは素晴らしい！　顔がわかるじゃん！　肖像画で顔を覚えて、小さい像で服を覚えられる！

目に焼き付けるように目をかっぴらいてガン見していると、シスターが素敵な提案をしてくれた。

「何やらただならぬ事情がありそうですね。よろしければこちらの二点、お貸しいたしましょうか？」

「いいんですか⁉」

「はい。ですが、こちらは教会が保管している宝物《ほうもつ》に当たりますので、必ず返却をお願いいたします」

「え⁉　そんな大事なもの貸しちゃっていいんですか？　私が盗んじゃうかもしれないのに……」

「ふふふっ。これでも長年シスターをやっておりますので、多少人を見る目は鍛えられていると自負しております。あなたでしたら大切に扱っていただけると思いますので」

シスターは安心させるかのように包容力のある優しい笑みを浮かべている。

「大丈夫ならお借りしたいです。今日中に終わらせ……られないかもしれないので、長くて三日間お借りしたいです」

「かしこまりました。お持ち帰りになる袋か包む布をご用意いたします」

「えっと……マジックバッグがあるので大丈夫です」

「それならば、どうぞこちらを」

「ありがとうございます。とても助かります。なるべく早くお返ししますので」

「はい。あなたの憂いがなくなることをお祈りしています」

渡された像と絵画をいつになくそっと無限収納《インベントリ》にしまう。シスターは最後まで優しく微笑んでいた。


宿屋に戻るより門の方が近いので、門を出て人目に付かない場所から転移で廃教会に飛ぶ。

シスターがせっかく大切なものを貸してくれたので、先にパナーテル様から着手しよう。

「クラオル、この肖像画を確認できるように像の顔面まで魔法で持ち上げてくれない？」

『いいわよ』

クラオルに肖像画を頼み、私はパナーテル様の像に登る。

音楽再生スキルでテンションの上がるアップテンポの曲を音量大きめで流し、気合を入れて像に魔力を流し始めた。

大雑把に輪郭など各パーツをいじり、なんとなくの顔の形ができたら肖像画を確認しながら目・口・鼻と細かい作業に入る。

(これぞまさに〝整形〟だわ)

像を下りて下から確認しては像を登って顔を整形。何回も何回も。像が大きくて、登るのも下りるのも面倒だが仕方ない。また下りて確認してから登ろうとすると何かが足に絡みついた。

「わ!?　――ぶっ！」

ビタンと床にダイブすることになった。耐性のおかげで体は痛くないけど心が痛い。

なんだ？　と転んだ状態のまま足元に視線を向けると、クラオルの蔓《つる》が絡み付いていた。そこから視線を徐々に上げるとクラオルさんが腰に手を当てて仁王立ちしていらっしゃった。

へ？　なんでお怒り？

話をするために急いで音楽を止めた瞬間、クラオルから発せられたのは押し殺したような低い声だった。

『あーるーじーさーまー！』

「クラオルさんどうしたの？」

『どうしたの？　……じゃないわよ！　ワタシが呼んでもグレウスが呼んでも、何回呼んでも気付かないんだから！』

「へ？　呼んでた？」

『呼んでたわよ！　今何時だと思ってるの!?』

「クラオルが呼んでくれるってことはお昼くらい？」

『何言ってるの！　もう暗くなり始めてるわよ！』

「え!?　ウソ!?」

『ウソじゃないわよ！』

「ヤバい、早く戻らないと女将さんに心配かけちゃう！　クラオル肖像画下ろして！」

『んもう！　世話が焼けるんだから！』

「ごめーん！」

クラオルに肖像画を下ろしてもらい、バタバタと片付け。教会に結界を張って門の近くに転移する。ダッシュで宿に滑り込むことになった。

駆け込んだ私を見た女将さんに「何かあったのかい⁉」と別の意味で心配をかけてしまい、いい言い訳が思い浮かばなかった私は「おなか減っちゃった」と誤魔化した。本当はお昼を食べていないとはいえ、そこまでペコペコじゃないんだけどね。ちなみに、丸々残っているお弁当は別皿に移して無限収納《インベントリ》のストックと化したからバレてはいないハズ。

夜、呼ばれているのに気付かなかったせいで、ご機嫌ナナメのクラオルとショボンとしたグレウスに謝りながらモフモフして機嫌を直してもらう。ようやく二人の機嫌が直ったころには、私は睡魔に襲われていて、早々に意識を手放した。

◇ ◆ ◇

グレウスも朝のストレッチに慣れてきたみたい。小さな体でよいしょっ、よいしょっ！　とストレッチする姿はたまらなく可愛い！

朝ご飯を済ませ、お弁当を受け取ったら行動開始だ。宝物《ほうもつ》を早く返したいため、急ピッチでパナーテル様を仕上げたいところ。なので今日は宿の部屋から転移する。

今日もクラオルに肖像画を蔓《つる》で浮かせるように頼んだら、冷ややかな目を向けられた。

『いいけど、集中しすぎないでよ？』

「気を付けます。でもテンション上げないとキツいから音楽は流すね。クラオル達も聞く？」

『そうね。聞こうかしら？』

『音楽、ですか？』

「そっか。グレウスは知らないんだったね。私が持ってるスキルに音楽再生ってスキルがあるの。私が好きな音楽が頭の中に流れるんだよ」

『主様しか持ってない特別なスキルよ』

「ワガママで作ってもらったからねぇ。ありがたいよね」

『細かいことは気にしない方がいいわ。主様は特別だから』

『そうなんですね……主《あるじ》が好きならボクも聞いてみたいです』

「うんうん、グレウスも気に入ってくれると嬉しいな！　じゃあ流すね」

今日もテンションの上がる曲を……昨日より音量を下げてクラオル達にも流す。曲を流す人を選べるって素敵な機能だよね。

「よし！　今日中にパナーテル様を仕上げよう。クラオルとグレウスは自由にしてていいからね」

クラオル達を見送り、気合充分に像に手を伸ばした。

今日もいじっては下りて確認し、登ってはいじるを繰り返す。ようやっと表情が決まったら、次は髪の毛だ。何故か一人だけ風を纏っているかのように波打っているサラサラロングヘア。大変面倒な髪形である。縦ロールやソバージュじゃないだけマシかもしれないが……

（人型のフィギュアを作る人ってすごいな……）

なんてことを思いつつ髪の毛の調節。毛先なんかは身体強化と自身軽量化を駆使し、足だけで像に掴まって上半身と腕を伸ばしたり、逆さまになったり……とアスリートも驚きな体勢だった。

「やっと顔面と髪の毛が終わったー！　めっちゃ疲れた！」

『主様、ご飯の時間よ！』

ちょうどいいタイミングでクラオルから声がかかったので、スルスルと像を下りてクラオル達と合流する。

「クラオルとグレウスは何食べる？」

『うーん……クリームパンにしようかしら？』

『ボ、ボクも同じのでお願いしますっ』

「はい、召し上がれ～」

それぞれのお皿にクリームパンを載せ、私はお弁当に口を付ける。魔力を大量に使ったからか、今日は食べきれた。そのうち大食いになりそうで怖い。

顔周辺が終わったので午後はパナーテル様のボディだ。失くしたら困るため、肖像画は無限収納《インベントリ》に入れた。

像が大きいせいで魔力の消費がどえらい。借りたミニ像を見ながら整形していく。魔力の消費は激しいものの、顔や髪の毛ほど細かくないので気持ち的には楽だった。

作業すること二時間強、どうにかパナーテル様の像が完成した。ちゃんと確認したからバランスもバッチリよ！

「あああ～……やっとパナーテル様が終わった……」

万歳をして床に寝転がるとクラオル達が寄ってきた。

『終わったのね。お疲れ様』

『お疲れ様です』

「ありがとうー！」

ガバッと起き上がり、声をかけてくれた二人を抱きしめてモフモフスリスリ。

「あぁ……癒されるぅ……ふぅ。ちょっと元気出たからエアリルパパを終わらせて今日は戻ろうかな。シスターさんに肖像画を返さないといけないし」

『わかったわ。今日は少しゆっくりできそうね』

「うん。エアリルパパは顔をちょっといじって服の整形すればいいだけだから。クラオル達は好きなことしてて大丈夫だからね」

クラオル達を床に下ろしてあげ、一昨日《おととい》途中で放置したエアリルパパの像に登る。顔を少し調整した後、服に取りかかった。さっきのパナーテル様ほど魔力を消費しなくて済むし、そこまで時間もかからなかった。

「エアリルパパも完成！　今日はもう終わりにして、明日イグ姐《ねぇ》とガイ兄《にい》をやろう。パナーテル様ができたから、あの結界石埋め込んじゃおうかな？　そしたら結界張らなくて済むよね」

『結局パナーテル様に入れるの？』

「うん。パパ達がケンカするのは嫌だからね。仲よしが一番！」

パナーテル様の像の後ろに回り、腰の少し上くらいまで登る。結界石の玉を持ち、〝結界石よ、入れ〟と念じながら背中に押し付ける。パパ達に言われたときは半信半疑だったけど、抵抗感もなくスルンと入った。

（本当に入ったわ……）

その瞬間、パナーテル様の体から光が溢れ出した。教会を隅々まで照らした光は三十秒ほどで収まり、何事もなかったかのよう。いや、全体的に少し明るくなったかも。

「ビックリしたね。結界が発動したってことかな？　でも像が完成するまでは誰も来ないでほしいんだけどね」

クラオル達と合流し、教会の周りを確認してみる。特に異常は見られない。結界石の発動は上手くいったようで、教会の周囲にはしっかりと結界が張られていた。

宿に戻り、女将さんに教会に行くことを伝えて宿を出る。教会はほどほどに人が訪れていた。

あのシスターはどこかなぁ？　あ、いた！

「シスターさん！」

「あら。あなたはあのときの……こんにちは」

「こんにちは。お借りしたものを返しに来ました」

「では、こちらへお願いいたします」

シスターに案内されたのはつい先日入った部屋だった。

「本当にありがとうございます。とても助かりました！」

「ふふふっ。憂いが晴れたみたいですね。お役に立てたようで安心いたしました」

シスターに肖像画と像を渡すと、突然肖像画がピカーッ！　と発光した。

「「え？」」

肖像画は発光したままフヨフヨと浮き、シスターさんの腕に収まると同時に光は消え去った。何がなんだかわからない。お互い困惑顔で顔を見合わせる。

『((ハァ……きっとパナーテル様だわ))』

「((はぁ!?　なんで？))」

『((知らないわよ！　でも今、神のチカラを感じたから多分そうだと思うわ))』

「((マジか……面倒なことはしないでほしいんだけど……))」

クラオルと念話で話していると、シスターの驚いた声が聞こえた。

「こ……これはっ！」

「どうしたんですか？」

「見てください！　先ほどより肖像画も像もお顔がハッキリして、額縁《がくぶち》も新しくなっています！」

大興奮のシスターが言う通り、確かに絵は色彩が鮮やかになり、顔もハッキリと描いてある。ミニ像の方もぼやけていた線がクッキリとしている。最早、新品同様だ。

(もう像は直さないぞ……面倒くさい。教会伝統の宝物《ほうもつ》に何すんだって文句言われたらどうしてくれるのさ……）

「あ、新しくなっちゃいましたね……きっとシスターのパナーテル様への思いが届いて、パナーテル様が応えてくれたんだと思いますけど……」

シスターの信仰心が素晴らしいからだと責任転嫁してしまう。弁償しろって言われるのも、冒涜《ぼうとく》だなんだと言われるのも困る。犯罪者になりたくはない。

「そう思われますか⁉」

「は、はい……」

「私の信仰心をパナーテル様が見ていてくださったのですね！」

シスターは興奮気味に肖像画を抱きしめ「認められた」「神は見放さなかった」「やはり神はいる」「もっともっと……」と一人で騒いでいる。

（怒られたりはしないで済みそうだけど、パナーテル様の信者っぽいな……）

「伝統の宝物《ほうもつ》が新しくなっちゃいましたけど……」

「それは、これからこちらを伝統にしていけばいいのです！」

顔を赤くして鼻息荒くシスターが言う。

「そうですか。それは素敵ですね。私もシスターさんに助けてもらえてとても嬉しかったです。今まで通り優しいシスターさんでいてくれればパナーテル様も見ていてくれると思います」

あまりの嬉しさで狂信者にならないでくださいよって意味を込めて伝える。

「今まで通り……」

「はい。今のシスターさんにパナーテル様が応えてくれたのは、やりすぎたりせずそのままでいてくださいってことだと思います」

「そう……そうですね。何事もやりすぎはよくないですね。ありがとうございます。もっといろいろした方がよろしいのかと思ったのですが……言われて目が覚めました」

興奮状態から少し落ち着いてくれたみたい。

「私なんかでもシスターさんのお役に立てたとしたら嬉しいです。今回こちらを貸していただき本当にありがとうございました」

「こちらこそ貴重な体験をしました。ありがとうございます」

頭を下げた私に先日と同じ笑顔を向けてくれるシスターに胸を撫でおろした。

宿に戻った私は精神的な疲れからボフンとベッドにダイブ。

「なんか一気にどっと疲れた。怒られたらどうするつもりだったのかな？　嫌がらせ？　それとも像へのダメ出し？　作る前ならまだしも終わった後とかやめてほしい……」

『パナーテル様の真意はわからないけど心臓に悪かったわね。シスターがあんな感じで助かったけど、いちゃもん付けられて奴隷落ちなんてこともありえたもの』

「やっぱそうなんだ……奴隷にも犯罪者にもなりたくない……シスターさまさまだね。彼女が狂信者にならないことを願うわ」

クラオルとグレウスをモフモフして心を落ち着けていると、女将さんが呼びに来た。女将さんは元気のない私のためにデザートとしてフルーツを出してくれた。

まだまだ気が収まらない私は、食後もクラオルとグレウスを心が落ち着くまでひたすらモフモフ。今日は魔力の消費も激しかったし、最後の一件で精神的に疲れた。今後はこういうことが起こらないといいなと思いながら眠りについた。

◆　◇　◆

——時は少し遡《さかのぼ》る。

廃教会に結界石を埋め込むように頼んだアクエス・エアリル・イグニス・ガイアの四神はそれぞれセナを見守っていた。

廃教会を訪れたセナは外側内側共に【クリーン】をかけた。伝えていた通り、すぐに像に結界石を埋め込むのかと思いきや、クラオルと像の修繕について話している。それを聞いた四神は全員がセナはなんと優しいんだと感心した。

それからクラオルの棲処《すみか》へと里帰りしたセナは、違うヴァインタミア一族に虐《いじ》められていた灰色の子を可愛がり始めた。

「「「「セナ（さん）が可愛い」」」」

全員バラバラの場所で見守っているのに声が揃った瞬間だった。

そのまま見守っていると、ヤキモチを妬《や》いたクラオルにキュンキュン発言。キュンキュンというのはよくわからなかったが、特別に想っていることは理解できた。

「むぅ……確かにずっと一緒にいるけど、僕だって……」

「むっ。俺だってパパだぞ！」

「羨《うらや》ましいのぉ」

「ふふっ。クラオルは私の眷属《けんぞく》だからね？」

神達は四者四様の反応を示す。

その後セナが樹液をみりんだと大興奮する様子に、四神に笑顔が戻った。

「「「「セナ（さん）が可愛い」」」」

再び声が揃った瞬間だった。


翌日からセナは教会で像の修理を始めた。普通の人間にはできない修理の仕方だ。

「俺が一番！」

アクエスはセナが最初に自分の像の修理を始めたことで喜んだ。

他の三神は自分の像を直してもらうのが今から楽しみで仕方ない。

次の日、セナは街の教会に寄ってパナーテルの肖像画と言われている絵画と小型の像を借り、パナーテル像の修理を始めた。

「僕が中途半端だけど、セナさんはシスターのために頑張ってるからしょうがない。ちょっと残念だけど……僕パパだもん。そのまま忘れないよね？　それにしても魔力使いすぎじゃないかなぁ……」

エアリルは少し心配になりながらも見守る。

そんな神達の杞憂《きゆう》も知らず、セナは魔力を消費しつつ像の修理を続けていた。お昼ご飯を食べ忘れたり、クラオルに怒られたりしたが、とりあえずその日は何事もなく就寝した。

さらに次の日、セナは前日と同じく、パナーテル像に集中した。神達がヤキモキするほど、魔力を大量に消費しながら。

修理が終わったパナーテル像に結界石を入れるらしい。〝パパ達がケンカするのは嫌〟〝仲よしが一番〟だなんて、なんて可愛らしい考えなんだろうかと四神は心が満たされる。

「あぁ……やっぱりセナさんは優しい。僕の像が途中なのも忘れてなかったし」

「俺達のためか……」

「妾《わらわ》達のことを考えて……」

「ふふっ。さすがセナさん。クラオルがいつも絶賛している通りだね」

セナはただ面倒事を回避したかっただけだが、神達は都合よく受け取った。

セナがパナーテル像に結界石を埋め込むとセナの魔力と相まって想定していたよりも強い効果を発揮した。これならば悪人は教会の存在にも気が付かず、本能的に避けるようになるだろう。心がキレイな者であれば、たとえケガをしていたとしても、この教会にいる間は回復力も上がりそうだ。

「ハッハッハ！　さすがセナ！　面白いのぉ！」

「これは……すごいね。想像以上だ」

結界石の効果がわかったイグニスとガイアの心は感銘と興味で満たされた。

セナが街の教会に肖像画と小型の像を返却しに行ったときに問題が発生した。パナーテルが神力を使い、肖像画と小さな像を作り替えたのだ。クラオルがパナーテルの仕業だとセナに伝えると、セナの心はさらに困惑の感情で溢れた。

――（もう像は直さないぞ……面倒くさい。教会伝統の宝物《ほうもつ》に何すんだって文句言われたらどうしてくれるのさ……）

セナから聞こえてきたのは、この先起こりえる懸念事項だった。

セナが咄嗟の機転で問題を回避したことに四神は安堵した。シスターが敬虔《けいけん》なパナーテル信者であったおかげで助かった。これが欲深い者だったり、伝統に重きを置いている信者であったりすればセナは責任を取らされ、ヒドければ神を冒涜《ぼうとく》しているなどと因縁を付けられただろう。殺されたり、奴隷落ちなども充分にありえるほどの禍事《まがごと》だったのだ。これは見過ごすことはできない。

アクエスとイグニスは怒りに任せ、すぐにパナーテルのもとへ向かう。

エアリルとガイアは腹を立てながらも心配なのでセナが寝るまで見守ることにした。セナはクラオルとグレウスを撫でて心を落ち着けてから眠りについた。それを見守っていたエアリルとガイアの二神はホッと息を吐いた。

エアリルとガイアがパナーテルのもとへ着くと、すでにアクエスとイグニスがパナーテルに烈火のごとく怒っていた。特にイグニスは掴みかからんばかりの形相で憤《いきどお》っている。だが、パナーテル本人は怒られている意味がわかっていないそうだ。

「ご自身が何をしたかわかっていらっしゃいますか？」

笑顔をキープしたままガイアがパナーテルに問う。そこでようやく、パナーテルもガイアの本気の怒りだと焦り出した。

セナが通常ではありえないほどの魔力を消費して、完成させていた姿を四神は見ていた。本人に近付けようと、角度や表情を何回も微調整していたのを知っている。セナの魔力が潤沢で、制御も他の人よりケタ違いに上手いからこそできる修理方法だった。その上、幼い体を酷使していたのだ。しかもパナーテルの顔を見ていないからと、肖像画をわざわざ借りてまで作っていたのに……肖像画と像を作り替えた理由が〝もっとキレイに作ってほしいから〟。自分のことしか考えていないパナーテルにお気に入りであるセナが危険な目に遭わされるところだったのだ。四神は怒りに震えた。

「「「既に世界中の教会にある像より精巧に作ってあるだろうが!!」」」

ただ怒っても理解しないと考えたガイアとエアリルは、どれだけの苦労をしてセナが作ったのかから、何故結界石をパナーテルに入れることになったのかも詳細に滔々《とうとう》と語った。

「そこまで像を作るのが大変とは思ってなかった……それにまさかそんなことが起こったかもしれないなんて……」

教会での出来事を聞き、ようやく事の重大さに気が付いたようだ。今回は運がよかっただけだと。

「フンッ！　いくら主神とはいえ妾《わらわ》は怒りが収まらん。お主はやはりセナの空間には呼べぬ。エアリルとアクエスが呪淵《じゅえん》の森に落としたことだってとやかく言えぬ。自分のことしか考えぬのならセナには認められぬじゃろうな。少なくとも妾《わらわ》は絶対に認めん!!」

イグニスの言葉に他の三神も頷いた。パナーテルには四神から突き刺さるような冷めた眼差しが向けられている。

「とてもママと呼んでもらえるとは思えないね」

ガイアの言葉を最後に四神は帰っていった。

「そんなぁ……セナちゃん……」

打ちひしがれるパナーテルの声が悲しく響いていた。

今回の一件の反動で、セナを可愛がりたい四神は何をすればセナが喜んでくれるかと各々《おのおの》考え始めた。

◆◇◆

今日はグレウスもクラオルと一緒に起こしてくれた。

「クラオルー！　グレウスー！　ありがとう、おはよ～！」

ちょっと照れているグレウスとクラオルの二人を抱きしめ、朝からスリスリ。やっぱりモフモフは幸せになる。たっぷり満喫した私は元気よく起き上がった。

食堂に下りたら、「調子が戻ったみたいでよかったよ」と言われた。気にしてくれていたみたい。優しい女将さんだ。

今日も宿から廃教会へ転移する。ちゃきちゃき進めないと今日中に終わらないからね。

「今日はイグ姐《ねえ》とガイ兄《にい》を完成させるよ。クラオルとグレウスは自由にしてていいからね」

気合充分にイグ姐《ねえ》に取りかかる。

(イグ姐《ねえ》はちょっとツリ目の美人さんだから、元気ハツラツな、あの可愛くニカッて笑う顔がいいかなぁ)

今日も音楽再生で曲を流し、口ずさみながら作業していく。連日の作業で慣れたのか前より楽に感じる。顔を整形するのに何度も登り下りして確認し、イグ姐《ねえ》のよさが出るように魔力を流した。

顔が終わったら、次は髪の毛だ。イグ姐《ねえ》はポニーテール。ポニーテールは少し躍動感があった方が可愛いだろう。足を像に引っかけ、両手を伸ばしたり、またも逆さまになったり……と、昨日と同様に身体強化と自身軽量化を使って整形していく。やはり大きさのせいか、パナーテル様の像ほど魔力を消費しない。

(あぁ……やっぱイグ姐《ねえ》は美人さんだわ。パパ達をデフォルメしたフィギュア的なお人形を作ろうかな？　二等身とか三等身とか……可愛いんだろうなぁ～)

『キャァア!?　主様！　なんて恰好してるのよ！』

「ん？」

今の私の体勢は……イグ姐《ねえ》の腕に左足をかけ、右足で支えて両手を伸ばしている状態だ。地面とほぼ平行である。

「この体勢じゃないと髪の毛の毛先まで届かないからさ。いじりたいところの近くから魔力流さないと余計に魔力使うんだよ」

『んまー！　危ないじゃないの!!　言ってくれたら手伝うわよ！　なんで自分一人でやろうとしてるの！』

クラオルが怒りながら草魔法の蔓《つる》で持ち上げてくれた。

「お～、クラオルすごーい！　全然思い付かなかった。毛先の方にお願い！」

近付けてほしい場所をお願いすると、スッと近付けてくれる。

「おぉ！　めっちゃ楽！　魔力全然使わなくて済む！」

今までは遠くて触れない場所は魔力を流す向きや量で調整していた。そのため、余計に魔力を消耗していたんだけど……触れるとなれば格段に効率が上がる。クラオルのおかげでスピードが上がり、予定よりも早い時間で髪の毛の整形が終わった。

髪の毛の次は服。イグ姐《ねぇ》は羨《うらや》ましいくらいのナイスボディ。世の中の男性はボンッキュッボンがいいって言うかもしれないけど、細身に健康的な筋肉が付いていて、お胸は大きいのに小尻のイグ姐《ねぇ》は私にとって憧れスタイル！　やる気も上がる！

イグ姐《ねぇ》の服も終わり、最後のガイ兄《にぃ》に取りかかる。

(ガイ兄《にぃ》はやっぱりニコニコ顔かなぁ。いつも優しくニコニコしてるもんね！)

修理前は一番崩れていたガイ兄《にぃ》の像。今度はなかなか壊れないといいなぁ～と願いを込めて顔を整形していく。クラオルが草魔法で持ち上げてくれているため、前と違ってへばりつかなくても大丈夫。蔓《つる》で上げ下げも可能なので、登り下りもしていない。クラオルに指示を出しつつ、しばらく

作業に没頭していた。

「クラオル〜。ガイ兄《にぃ》、こんな感じでどうかなぁ？」

『ガイア様はもうちょっとお顔がシャープよ！』

「はーい」

クラオルに言われた輪郭を手直しする。

「これでどうー？」

『いいと思うわ！　本物のガイア様がいるみたいよ！』

「よかった。じゃあこのまま髪の毛もやっちゃおう。……この世界ってやたらイケメンと美女が多いよねぇ。優しい人も多いけど。フツメンと強面《コワモテ》ばっかりでブサメンは見たことないや。存在しないのかねぇ？」

クラオルに話しかけながら髪の毛を整えていく。ガイ兄《にぃ》は襟足で一つに結んでいる髪型。髪の毛が長くないからとっても楽！　機嫌よく、どんどん魔力を流し整形していく。

『(みんなが優しいのは主様だからよ)』

「ん？　なーに？　聞こえないよー？」

『なんでもないわ！　ガイア様の前髪はもうちょっと流した方が自然よ！』

「はーい。……クラオルさん、これでどうー？」

『いい感じだわ！　ガイア様そのままよ！』

「よかった。じゃあ次は服だね」

『ダメよ。そろそろお昼だから、ご飯食べてからにしてちょうだい』

「あれ？　もうそんな時間？」

私がお願いする前に蔓《つる》によって床に下ろされた。

『そうよ！　ちゃんと食べなきゃダメじゃないの！』

最近クラオルがお母さん化してきてる気がする……

「はーい。クラオルとグレウスは何食べる？」

『うーん……今日はドライフルーツパンにするわ！』

グレウスも同じものがいいらしいので、二人にドライフルーツパンを渡す。私は恒例の量が多すぎるお弁当である。前にもう少しお弁当の量を減らしてほしいと言ってみたんだけど、そしたら朝ご飯の量が増えたんだよね。両方減らすのは嫌みたい。どうせ無限収納《インベントリ》に収納するならコソコソしなくていいお弁当の方がいい。


残るはガイ兄《にい》の服だけ。午前と同じようにクラオルの蔓《つる》が大活躍。細かなところにも手が届くので、一番上手く調整できている気がする。最後はクラオルに確認してもらいながら裾を整形すれば終了だ。

うん。できたっぽい！　並んでいる五体の像全体を一緒に確認して気になったところを改めれば完了である。

「できた～！　どうかな？」

『主様すごいわ！　あの街の教会より精巧で、本当に神達がそこにいるみたいよ！』

『主《あるじ》すごいです！』

二人が身振り手振り絶賛してくれるから私も大満足。頑張ったかいがあった。心なしか像の神達も微笑んでいるように見える。

「明日はグレウスが確認してくれた修理箇所を直そうね。今日はもう帰るよ」

私の一言でクラオル達はそれぞれのポジションについた。きゃわわ。最高かよ。

完成したことで私は意気揚々と教会を後にした。


夜ご飯まではまだ時間があるので、ちょうどいいとグレウスに今までのことを話す。グレウスは私が元々は異世界人だということと、神様達と親しいということにすごく驚いていた。

『あんなに神様のお顔がわかっていたことに納得しました！　主《あるじ》はすごいんですね！』

鼻息荒く興奮しているけど、私は別にすごくない。クラオルや呪淵《じゅえん》の森で助けてくれたガルドさん達、騎士団のみんながいなければ、今生きていなかったかもしれない。会う人会う人みんな親切なんだよね。騎士団とかジョバンニさんとか保護者化してる気がするし。

「私はすごくないよ～。そのうちパパ達とも会うだろうから、そのときグレウスに紹介するね」

『はわわっ。緊張します！』

「ふふっ。みんな優しいから大丈夫だよ！」

グレウスは自己紹介の練習をしようとして、クラオルに止められていた。

第九話　保護者（仮）の心配

朝ご飯を食べ終わり、女将さんからお弁当を受け取ったとき「セナちゃん最近冒険者活動してないのかい？」と女将さんに話しかけられた。

「へ？」

「ランクアップしてからギルドに来てもらえてないってサブマスが言ってたんだよ」

あぁ！　最近別件で忙しかったから……そういえば行ってないわな……でも十日くらいじゃない？　この世界で言えば二週間だけど。女将さんからすればちょくちょく外に出てるハズなのに……ってところかな？

「わかった～。今日薬草採取して行ってみる！」

「サブマスが心配してたからね、顔を見せてやっとくれよ」

「うん、ありがとう。行ってきま～す！」

女将さんに手を振って門に向かう。せかせかと歩いて門を出て、人目に付かない場所から廃教会に転移した。

「あぁ……焦ったねぇ。そういえばスライムの核から行ってないからなぁ。他のことやってて忘れてた。ジョバンニさんも心配性だもんね。今日はちょっと中を片付けて、森で薬草採取しよう！

「二人も手伝ってくれる？」

『もちろんよ！』

『はい！』

「ありがとー！」

腐ったベンチやらテーブルやら、像以外の備品を無限収納《インベントリ》に入れると、ずいぶんと祈りの間がスッキリした。続いて初日にチラッとしか見てなかった教会の奥のエリアへ。ドアの先は廊下になっていて、通ったドアとは別に五つドアがあった。一つずつ確認していく。

一つ目、広めな部屋。床に絨毯《じゅうたん》が敷いてあり、本棚と机にイス。おそらく神父さんかシスターの部屋。ベッドはないから書斎みたいな感じだろうと予想を付ける。

二つ目、絵画や燭台、箱などが置いてあるのでおそらく物置。

三つ目、トイレ。私が見たことのある、この世界のトイレとほとんど同じだった。

四つ目、シャワー室。浴槽はなくて、壁に取り付けられたシャワーヘッドがあった。

五つ目、キッチン。日本の一戸建てサイズ。中にはさらにドアがあって、そこは食材置き場の倉庫と思われる。

さらに廊下の奥には階段があり、二階へと繋がっていた。二階に上がるとまた階段と廊下があった。二階建てだと思っていたけど、三階建てだったらしい。廊下にはドアが四つ。これも確認していく。

二階は物置、応接室、ベッドルームが二つ。ベッドルームの一つには続き部屋としてトイレがあった。

三階階はドアが三つ。広〜いベッドルームにはキングサイズのベッド。この部屋には簡易キッチンとトイレが付属していて、主寝室だと思われる。あとは物置と鍵のかかった部屋。

（おぉ～、金庫かなんかかな⁉　秘密の部屋？　でも鍵も見当たらないし、後回しかな？）

置いてあった家具はことごとくアウト。修理も難しそうなほど傷みが激しかった。

「ここ、廃教会になってどれくらいなの？」

『神達の話し方だと百年以上は経ってると思うわ。これは予想だけど、三百～五百年くらいじゃないかしら？』

「マジか……その割にはキレイだけど……今のトイレと差がなくない？　百年以上経ってるのに進化していないことに驚きだわ……そして初めてシャワー見た」

『ほとんど【クリーン】で終わるから進化していないんだと思うわ。シャワーはここの元の持ち主の好みじゃないかしら？　こんな辺鄙《へんぴ》な場所にあるんだからって作ってもらったのかもしれないわ。お風呂やシャワーが高級品なのは昔から変わってないはずだもの』

「マジか……そういえば高級品なんだっけ……ってそうだよ！　コテージでお風呂に入りたかったのにすっかり忘れてた。ここの掃除が終わったらゆっくり湯船に入りたいなぁ」

話しながら各部屋に【クリーン】をかけて回る。グレウスが確認していた要修理箇所も【ヒール】を混ぜた【クリーン】で直ってしまった。チート感がすごい……直ったならいいと、深くは考えない。うん。細かいことは気にしたら負けだよ。

回収した家具、布団、絨毯《じゅうたん》などの廃材は今後野営するときに薪《たきぎ》として使う予定だ。シャワーは使えたからそのままにしてある。魔石っぽいものがあって試しに魔力を流してみたら、上から水が降り注ぎ、見事にビショビショになった。生活魔法が使えてよかったよ。シャワーはそのうちお湯が出るようにできたらいいなと思っている。

一通りキレイにしたところでクラオルから時報が入った。お昼ご飯です。

おなかが満たされたら、今日のお仕事である薬草採取に出発だ。

パパ達の結界の影響か、近くに魔物の気配は特にしない。この教会は呪淵《じゅえん》の森の端に建っている。とは言っても、教会前の広場以外は三百六十度鬱蒼《うっそう》とした森なのだ。クラオルによると、呪淵《じゅえん》の森に近付く人は少ないため、薬草や木の実など採り放題じゃないかとのことだった。

教会裏の森の入口でクラオル達を見送る。あまり遠くには行かないように言っておいたから大丈夫でしょう。一応、魔物と遭遇したときのために、位置は把握しておくつもり。クラオルとグレウスは木から木へ嬉しそうに走っていった。私は久しぶりに【サーチ】を使う。ポワァンとした光がそこかしこに！　しゃがみ込んでルンルンと採取していく。

サヴァ草《そう》、無毒草《むどくそう》、ポポ草《そう》、ゲンコツ草《そう》、ジメ草《そう》……ここは湿気が多いのかジメ草《そう》が多い。スコップ片手に掘りまくる。

あ！　これヤマ茸《たけ》だ！　しめじそっくりな小茸《こたけ》にエリンギそっくりなエギ茸《たけ》、椎茸そっくりな傘《かさ》茸《たけ》まで！

（うほほ～い！　ここは食材の宝庫じゃー!!）

薬草採取と合わせて、大量のキノコも採取していく。植物の本を読んでいてよかった！

三時間ほど集中して採取していた私は、そろそろいいかなと腰を上げて背中を伸ばす。ちょうどそのとき、グレウスが戻ってきた。

『主《あるじ》、変な池を見つけました！』

グレウスは報告するなり、ピシッと敬礼みたいに腕を上げた。

（軍隊かな？）

「ん？　変な池？」

『そうです！　こうモヤモヤしてて変なんです。今クラオルさんが見張ってますっ！』

私のマップでは、まだ行ったことのない場所だと詳しくはわからない。マップを見る限りではグレウスが言う池は見当たらない。

「うーん。行ってみようか？」

『はい！　あっちです！』

肩に乗ったグレウスの指示通りに身体強化を使って走る。さほど時間はかからずにグレウスが言う変な池に到着。クラオルと合流した。

池は目の前にあるのにマップに記載されていない。マップ上ではここも森表示だった。面積的には直径五メートルちょっと。池の淵には大きな岩が鎮座している。水面《みなも》は毒々しい色をして紫色のモヤが立ち上《のぼ》っていた。

臭《くさ》い。とりあえず臭《くさ》い。学校の理科室の水槽を濃縮したような臭《にお》いだ。

「これは……池って言うより、毒の沼じゃない？　臭《くさ》すぎるよ」

『ここ、何かおかしいわ』

鼻をつまむ私にクラオルが警戒したような声を上げる。

「何かって？」

『わからないけど、何か引っかかるのよ。主様、ここ浄化できない？』

「ん？　いいよ～。光魔法で浄化すればいいんでしょ？」

『相変わらずサラッと引き受けるわね……』

「それは相手がクラオルだからだよ。ひとまず試してみるね」

日本の山奥のような澄んだ空気と透き通った森の湧き水を想像して、光魔法を染み込ませるイメージで浄化していく。ゲームなんかだと教会裏の泉って回復スポットだよな～とか、初日にやったのは浄化じゃなくて蒸発だったな～なんて考えながら光魔法の魔力を放ち続けた。

その間、淡く光っていた水面《みなも》はだんだんと強く光り始め、沼にシャボン玉がくっ付いたような半円球状態に。最終的にそれは弾け、辺りにはキラキラとした粒子が降り注いだ。

「うわぁ……キラキラの粉雪みたいでキレイだねぇ」

『それどころじゃないわ！　ちゃんと見て！』

空中を見上げていた私がなんだ、なんだと毒沼を見てみると……あらまぁ！　なんということでしょう。あのモヤモヤしていた毒々しい沼が無色透明のキレイな泉に変わっています。深さはそこまでなく、底が見えるくらい。水面《みなも》は風で揺れ、陽の光できらめいている。毒沼のモヤモヤがなくなったからか、空気も清爽《せいそう》になった。

「おぉ！　元々こんなにキレイだったんだねぇ」

『ハァ……（また他人事みたいに……絶対ここまでのキレイさはなかったわよ……）』

クラオルがため息をついた後ブツブツと何か言っているけど、声が小さくて聞き取れなかった。

「ん？　クラオルどうかしたの？　疲れちゃった？　ちょうど薬草採取は終わりにしようかと思ってたし、疲れちゃったならすぐ帰ろうか？」

『そうね。疲れた気がするから帰りましょう』

「ギルドには寄らない方がいい？」

『それくらいなら大丈夫よ。先に言っておくけど本当よ』

本当か聞こうと思ったら先手を打たれた。

「じゃあなるべく早く宿に帰ろうね？」

『ふふっ。ありがと』

二人がいつものポジションについたことを確認した私は転移魔法を展開させた。


他の冒険者はまだ帰ってきていないらしく、門も通りも空《す》いていた。

ギルドに到着した私はキョロキョロとサブマスのジョバンニさんを探す。

「あら？　あなた、こないだの子じゃない？」

後ろから覚えのある声が聞こえ、自分のことかと振り返る。そこにいたのは、以前受付けがチャラ男で困っていた際、私を助けてくれたナイスバディなお姉さんだった。

「あらー！　やっぱり！」

「この前はどうもありがとう！」

「いいのよー！　今日はどうしたの？」

「ジョバンニさん探してるの」

「なるほどね。そういうときは人を使うといいわ」

パチンとウィンクをキメたお姉さんは、カウンターの横からスタッフに声をかけてジョバンニさんを呼んでくれた。

「これで大丈夫よ。すぐに来ると思うわ」

「お姉さんありがと——うっ⁉」

ニッコリとお礼を言ったら思いっきり抱きしめられた。

「やーん！　可愛いわぁ‼」

お姉さん……めっちゃ力強い……く、苦しい！　お姉さんのお胸さんで窒息しそうだし、骨がミシミシ言ってるよ！

クラオル達は危険を察知したのか避難している。それ、大正解。勘弁してくださいとお姉さんの背中をタップする。

「あらー？」

「……ぷはっ！　……ゴホッゴホッ！」

やっと酸素が！　死ぬかと思った。世の中のメンズが羨《うらや》む、巨大おっぱいで死ぬを自分の身で体験するところだった。

（最早立派な凶器だわ……）

「あら？　ごめんなさいねぇ。大丈夫？」

「……な、なんとか」

咳き込み、ゼーハーと息を吸っているとジョバンニさんが現れた。私の様子を見て、困惑している。

「お待たせいたしました。な、何があったのでしょう？」

「あまりにも可愛くて抱きしめちゃったんだけど、強すぎたみたい。ごめんね？」

「セ、セナ様、大丈夫でございますか？」

すぅーはぁー、すぅーはぁーと深呼吸で息を整える。

「……大丈夫。お姉さん、ジョバンニさんを呼んでくれてありがとう」

お礼を言うとお姉さんの手がワキワキ動くのが見えた。私が身構えるより先にジョバンニさんの腕の中へ。抱えられたことで窒息は免《まぬが》れ、クラオル達も安堵の表情で肩に戻ってきた。

（ジョバンニさんナイス！　助かった！）

「私《わたくし》からもお礼を。ありがとうございます」

「…………いいえー。他の冒険者に絡まれたら大変だもの」

ちょっと残念そうな間があった気がするぞ！

執務室に向かうのでお姉さんとはお別れ。またね～とジョバンニさんの腕の中から手を振ると、ニッコニコな笑顔で手を振り返してくれた。

執務室のソファで紅茶を飲んでホッとひと息。

「大丈夫でございますか？」

「うん、もう大丈夫。さっきはありがとう！」

「いえいえ。大丈夫でしたのならよかったです。今日はどうなさいました？」

「宿屋の女将さん……アンナさんにジョバンニさんが心配してるって言われたから、薬草を採ってきたの」

「なるほど。ありがとうございます。昨日街でお会いした際お話ししたからですね。お元気そうで安心いたしました」

「うん。心配してくれてありがとう。今日はサヴァ草《そう》とジメ草《そう》だよ。前より数は少ないけど」

「とても助かります。ではこちらにお願いいたします」

「はーい。えっと……サヴァ草《そう》五十本と……ジメ草《そう》五十本ね」

ジョバンニさんに示された箱にポンポンと入れていく。そのうちのジメ草《そう》を持ち上げたジョバンニさんはカッと目を見開いた。

「これは……これはどこで採取なさったんですか!?」

(あ、それ廃教会の裏の森で採取したやつだ。なんかマズいのかな？　とぼけちゃおう！)

「んとねー、森だよ！　それジメ草《そう》で合ってるよね？」

「はい、合っています。しかーし！　このような立派なものはなかなかお目にかかれません！」

ジョバンニさんはジメ草《そう》を凝視しながら興奮している。

「そうなの？　立派ってことはいいことでしょ？　頑張って探してよかった～」

「はい、大変素晴らしいです。しかもこの量！　とても助かります。鑑定に出して参りますね」

「はーい！」

（ふぅ。なんとかなった……）

ジョバンニさんが部屋を出ていき、コッソリと息をつく。ドキドキを落ち着けるためにクラオルとグレウスのモフモフを撫でていると、ジョバンニさんが戻ってきた。

「今、急ぎ鑑定中ですので少々お待ちください。そちらのヴァインタミアは……」

「この子はグレウスって言うの。最近外に出るようになったんだ。二人とも可愛いでしょ？　グレウス、こちらジョバンニさん。このギルドのサブマスだよ。ご挨拶して？」

『キッ……』

グレウスは小さな声で挨拶した後、私にしがみついた。人見知りのフリでもしてくれてるのかと思ったら、本気だったのか震えている。落ち着くように撫でながら声をかける。

「この人は怖くないから大丈夫だよ」

「怖がらせてしまい申し訳ございません。ヴァインタミアを二匹とは、さすがセナ様ですね」

ん？　さすが？　どういう意味？　優しく微笑んでるから悪い意味ではなさそうだけど……

「しかしながらセナ様、ヴァインタミアは今では希少種の扱いになっております。特に貴族には愛玩従魔として人気がありますので、人混みなどは特にお気を付けください」

（また貴族系か……本当にロクでもないな……）

「うん！　私の大事な家族だからね。二人に何かしてきたら戦うよ！」

私のセリフに二人ともおなかにグリグリと体を擦り寄せてくる。くっ……可愛い！　ジョバンニさんは一瞬驚いた様子だったものの、次の瞬間にはふんわりと微笑んだ。

ノック音がして、キツネ耳のお姉さん――アマリアさんが入ってきた。薬草の鑑定が終わったらしい。アマリアさんから受け取った紙を見たジョバンニさんは顔を輝かせた。

「ほう！　さすがセナ様！　素晴らしいですね。先ほどのジメ草《そう》は特S判定です」

「特S判定？」

「はい。通常より成長しており、葉も根も太い。しかもセナ様から納品いただけるモノは総じて新鮮です。特Sというのは S判定の上位になります」

わお！　マジか！

「サヴァ草《そう》五十本は前回と同じS判定。ジメ草《そう》十本がS判定で、残りの四十本が特S判定となります」

サヴァ草《そう》は街に近い森で採ったやつだから前回と一緒なのはわかる。ジメ草《そう》十本もたぶん前に採取したやつだ。今日廃教会のところで採取した分が特Sか。

「そうなんだ」

「ちなみに特Sは当ギルドでは初めてでございます」

「えぇ!?」

「Sも幻と言われているくらいですので、特Sは伝説といったところでしょうか」

「えぇ!?」

(何シレッとサラッと言ってるの!?)

「では、サヴァ草《そう》は前回と同様、一本銅貨三枚。ジメ草《そう》のS相当の方が一本銀貨一枚、特Sの方は一本銀貨二枚になりますので、サヴァ草《そう》が金貨一枚と銀貨五枚、ジメ草《そう》が金貨九枚。合計で金貨十枚と銀貨五枚ですね。大金貨と金貨、どちらがよろしいでしょうか?」

(そのまま続けるんだ……)

「一本の値段が高くない? お金はどっちでも大丈夫だよ。諸費用はいいの?」

「Sと特Sですので、通常の金額より跳ね上がっております。諸費用も特SやS相当を納品いただいていますので結構でございます」

「そうなんだ……いいの?」

「はい、もちろん。先に用意いたしましたのが金貨の方になりますがよろしいでしょうか?」

「うん。大丈夫だよ」

「ありがとうございます。こちらが代金になります。ギルドカードをお預かりしてもよろしいでしょうか?」

「はーい」

お金を受け取り、ギルドカードを渡す。

「ありがとうございます。……はい、これで依頼は完了となります。カードをお返ししますね」

「はーい。ありがとう」

「こちらこそありがとうございます」

ジョバンニさんは抱っこでギルドのドア前まで送ってくれ、一緒に付いてきていたアマリアさんと共に見送ってくれた。


予想以上に時間が経過していたみたいで、宿に着いたころにはちょうどご飯タイムだった。そのまま夕飯を食べて、女将さんとちょっとお喋り。ギルドに薬草を納品したことを報告しておいた。寝る準備を済ませ、ベッドイン。クラオル達をモフモフして精神を回復させる。

「なんか一気にギルドで疲れたねぇ。Sが幻で特Sが伝説なんて聞いてないよ。パパ達からもらった本の通りに採取してるだけなのに……他の冒険者はどんだけ雑なのさ……」

『そうねぇ……引っこ抜いているんじゃない？　きっと主様みたいに薬草毎《ごと》に採取の方法を変えるなんてことはしないのよ』

「特Sなんて目立ちそうじゃん……」

『そうね。でも主様の時点で目立ってるわよ』

「え、どういう意味!?　馴染めてない？　ババくさい？　性格の悪さ滲《にじ》み出てる？」

『まったくもう、違うわよ。幼い少女がオークを倒したり、スライムに手を突っ込んだりしないってこと。それに採取した薬草は最高ランクだしね（……本当に目立つのは容姿だけど）』

「そっかぁ。最初に遭遇したのが呪淵《じゅえん》の森の魔物だったからか、あのピンクオークくらいじゃ全然怖くないからなぁ……でも戦ってないと体が鈍りそうだし、未だにイグ姐《ねえ》に打ってもらった刀は使ってないんだよねぇ。どうしたもんか……」

『明日は狩りに行くの？』

「いや、明日はキレイにした教会でも最低限生活できるように買い物に行くよ。今のままだと何もないからね」

何が必要かと、買うものを相談しているうちに夜は更けていった。

第十話　ボコボコと殴られる精神とリセット方法

朝、いつも通りに食堂に入ると、女将さんに呼び止められた。

「あ、セナちゃん！　ちょうどよかった！」

「何がちょうどいいの？」

「今、セナちゃんが朝の運動してるときに騎士団の人が来てさ、朝ご飯を食べたら宿舎に来てほしいって伝えてくれって言われたんだよ」

「……わかった。行ってみる！」

なんだろ？　団長達本人じゃないなら緊急かな？

「そうしとくれ。お弁当はどうする？　持っていくのはやめておくかい？」

「ううん。美味しいお弁当食べる！」

「そうかい！　朝食と弁当を持ってくるから座って待っといとくれ！」

「ありがとう」

女将さんは何故かやたらと機嫌がよかった。さっきまで普通だったのに……謎だ。


宿から出ると何者かにつけられていることに気が付いた。クラオルとグレウスも察知したみたいで警戒を強めた。攻撃魔法が使えないらしいグレウスを腕の中に避難させ、遠回りしてみる。私が止まると止まり、歩き出すと一定距離を保ったまま付いてくる。その気配は二つ。

(うん、確定だね。呼び出しも嘘っぽいな)

気付いてませんよ〜って雰囲気を出しながら、向かうは騎士団の宿舎。中に入るとバッタリと隊員さんと遭遇したので、ブラン団長達を呼んでほしいと頼んだ。宿から付いてきていた気配はまだ外にいる。

走ってやって来たブラン団長達に挨拶しようとした瞬間、真顔のフレディ副隊長にガシッと肩を掴まれた。

「どうしました⁉　何かあったのですか⁉」

勢いよく問われたと思ったら、ケガの有無を確認するかのように顔を覗き込まれた。勢いと真顔具合がちょっと怖い。眼力強すぎ……

「ううん。特に何かあったワケじゃないし、ケガもしてないから大丈夫だよ。今日、朝ご飯を食べたら宿舎に来てって隊員さんが伝言してってたって女将さんに言われたの。やっぱりみんなが呼んだんじゃないの？」

そう私が言うと、三人は顔を見合わせた。

「……いや、俺達じゃないな。俺達なら迎えに行く。だがちょうどいいな」

やっぱりか……ん？　ちょうどいい？　意味がわからなくて首を傾げる。

「セナさんのお部屋に向かいましょう」

言うなりササッとフレディ副隊長に抱っこされ、パブロさんには手を繋がれた。

以前寝泊まりしていた部屋の中には箱、箱、箱、箱………これでもかと大きさの異なる木箱が置かれていた。

(何、この箱の山！)

「えぇと……これは？」

「全部セナさんの服だよ！」

元気よく答えてくれたのはパブロさん。

(え……服？　はい!?　これ全部？　いやいやいやいやいや！　何箱あるのよ!?)

「……遅くなったが、あのとき注文した服だ」

(注文……って、あぁ！　あのヒステリックおばさんがいた服屋か。すっかり忘れてたよ。なんなら思い出したくなかったよ……)

「えっと……これ全部？　多くない？」

「……そうだ。これでも厳選したんだがな」

「これで厳選……」

二十箱はあるぞ……これ一体いくらかかったのよ……注文ってオーダーメイドじゃん。しかも普通の服。い、いらない。ぶっちゃけいらない。そんな無駄遣いしたくない。

「これなんか可愛いと思うんだよねー！」

上機嫌で箱を開け、中のワンピースを出して広げて見せるパブロさん。それは白いレース編みのふわふわロングスカートのワンピースだった。

（確かに可愛いけど似合うかどうかは別だと思うよ。それに、その服、動きにくいよ……絶対汚れるじゃん……）

「私はこちらがいいと思います」

フレディ副隊長が広げたのは子供が卒園式で着るようなワンピース。

（それだと卒園式、もしくは入学式だよ。確かに今は子供だけどさ……結婚式なんかにも出席できちゃう恰好だよ？）

どうしようかと考えている間にも、パブロさんとフレディ副隊長は次々と箱を開けて中の服を広げていく。ワンピースが多いものの、乗馬服みたいな燕尾服《えんびふく》のピッチリ版やドレスまであった。もちろん普通の服もあったけど。

「……好きなものを着ればいい」

ブラン団長がパブロさん達を眺めながら言う。

「こんなに買えない、かな？」

（せめて自分好みの服がいい……）

「……いや。全てセナのものだ」

「えぇ!?」

（強制!?　強制なの!?）

「……あのテーラーからの詫びだ」

「お詫び？　え？　……これ全部？」

「……何着かは俺達からだな」

「いやいやいやいや。こんなにもらえないよ！」

申し訳ないけど着る機会もありません。特に今パブロさんが持ってる、引きずるほど長い、フリルだらけのフラメンコの衣装みたいなやつ！

「……服はいっぱいあっても困らないんだろ？」

（ニヤッて顔もブラン団長はサマになりますな！）

言った。確かにそんな感じの質問に「困りはしない」って答えた気がする。でもそれ、〝ただし、好みの服に限る〟って付くんですよ！　強制お支払いじゃなくて、強制お受け取りなのね……マジか……

「うん、わかった。ありがとうございます」

受け取ることは強制らしいので、お礼を言って頭を下げる。何もしてないのに既に疲れが……

「セナさんが着た姿が見たいですね」

なんて、フレディ副隊長の発言によって誰得のファッションショーが始まってしまった。

着替えては見せて、着替えては見せてを繰り返す。着替えるたびに褒めてはくれるけど、何度も繰り返していると疲労感に襲われる。途中から数えるのもやめて、言われるがままに着替えることになった。

（着せ替え人形になった気分。モデルさんってすごいんだなぁ……）

ドレスだけは手伝ってもらわないとムリだと拒否させてもらった。終わったころには私は疲労困憊《ひろうこんぱい》だった。

満足そうな三人に見守られながらもらった服を無限収納《インベントリ》にしまっていく。合計で三十着以上もあった。うち四着はドレス。手袋やストール、髪を結ぶリボンなど小物類やドレスに合わせた靴もあった。無限収納《インベントリ》の肥やし決定です！

着る機会はそうそうないだろうに申し訳なくなってくる。一体いくら使ったんだろうか……

それからせっかく来たんだからとお昼ご飯を一緒に食べることになった。お弁当持参の食堂で。私が食べきれなかった分はみんなが食べてくれた。

その後ブラン団長の休憩室でみんなとお喋り。グレウスを紹介して、近況報告で納品したジメ草《そう》が特S判定になったと言ったらすごく驚かれた。ゆっくりしていると、パブロさんがお仕事に向かわなきゃいけない時間とのことで、私も宿に帰ることにした。長時間お邪魔してしまった。断ったのに心配性を発揮したブラン団長とフレディ副隊長が送ってくれたよ。

宿に戻ってから、ストーカーのことを報告するのを忘れていたことを思い出した。ま、いいか。

特に何かされたワケじゃないし。

◇◆◇

朝、部屋に戻ってから私は宣言した。

「今日は疲れをリフレッシュしよう！　結局昨日は買い物できなかったから教会も完成してないけど、体を休めることも大切だよ！」

自分が休みたいがためにクラオルとグレウスに説明する。クラオルとグレウスが毎日癒してくれてるとはいえ、ここ数日攻撃を受けた精神をリセットしたいのです。

そしてコテージに来た。あぁ……相も変わらず素敵な空間である。

『わぁー！　ボク、初めて海見ました！』

前はすぐにコテージの中に入っていたせいで見ていなかったらしく、グレウスが感動している。

「海はしょっぱいから飲んじゃダメだよ？」

『『はーい！』』

海岸でパシャパシャと遊び、砂浜で砂山を作って「トンネル開通〜！」と盛り上がった。クラオル達が波際でキャーキャーとはしゃいでるのを見て幸せな気持ちになる。

（あぁ……マイエンジェル達が可愛すぎる！）

クラオル達を眺めていた私はゴロンと砂浜に横になった。海風のはずなのにベタベタしない、爽やかな風が吹いていて気持ちがいい。

（あぁー、この日常とかけ離れた感じ。最高だわ）

海岸で満足するまで遊び、砂浜でお昼ご飯のお弁当も食べた。二人ともいい気分転換になったみたい。今度、パパ達が作ってくれた水着を着て海に入るのもいいかもしれない。


二人を連れてコテージ内のお風呂に向かう。前はさらりと確認するだけだったから、今回はしっかりチェックしないとね。

脱衣所には洗面台も完備。リゾート地を想像しただけあって、お風呂場には猫足バスタブとシャワーがあった。ただ私が日本人たる性《さが》か、バスタブの横にちゃんと洗い場がある。ありがたいね！　バスタブの中で頭や体を洗いたくない。

洗い場には日本で使っていた、お気に入りのシャンプーにトリートメント、ボディソープや洗顔フォームもあった。

「わぁ～、コレコレ！　超気に入ってたんだよね！　早速入ろう！」

ポポーンッと服を脱ぎ、クラオル達と浴室に入る。クラオル達はお風呂に入ったことがないみたいで、キョロキョロと確認していた。

「まず、猫足バスタブにお湯を溜めて……」

このコテージにあるものは全部魔道具。操作も魔力を流すだけである。

「では、体を洗います！　ボディソープはこれね」

二人が頷いたのを確認し、ボトルをプッシュ。出てきたソープでクラオル達を洗ってあげる。

『あら！　これいい匂いだわ！　そしてとっても気持ちいい！』

泡まみれになったクラオルはヒクヒクと鼻を動かしてご機嫌。グレウスは気持ちよすぎたのか、クテッと力が抜けていた。洗い終わった二人を、お湯を張った猫足バスタブまで運ぶ。

「あんまり長く入っているとのぼせちゃうから気を付けてね」

クラオル達に注意をして、私も自分の頭のてっぺんからつま先まで、ルンルンと機嫌よく洗っていく。私が洗っている間に、クラオル達はバスタブの縁《ふち》に上がり、ちゃんとのぼせ対策をしていた。

そこへ私もお邪魔して湯舟につかる。

「ふはぁ。お風呂だぁ……めっちゃ気持ちいぃ……」

あぁ……お風呂って素晴らしぃ。【クリーン】でキレイになるとはいえ、やっぱりお風呂で洗った方がスッキリするんだよね。物足りないっていうかさ。こう、体から疲れとか、いろんな余計なものが出ていってる気がする。

『お風呂がこんなに気持ちいいなんて思わなかったわ』

『とっても気持ちよくて溶けそうです』

「でしょー？　やっぱしお風呂って幸せだよねぇ」

二人と喋りながらお風呂を満喫する。

「あんまり長いとのぼせちゃうからそろそろ上がろうか？　クラオルとグレウスは大丈夫？」

『大丈夫よ』

『はい。大丈夫ですっ』

「よかった。風邪引かないように乾かしちゃおうね」

全員に【ドライ】をかけて乾かす。バスタオルいらず！　生活魔法って便利。お風呂から上がったら、着替えて果実水で喉を潤す。二人も汗をかいたみたいでおかわりしていた。

コテージの大きなベッドの上でクラオル達をモフモフ。もふもふをモフモフ。お風呂に入ったからか、いつもよりふわふわでスベスベ。

（たまらん！　気持ちよすぎる！）

「二人共いつもよりふわふわだねぇ」

『そうね。体も軽くなった気がするわ』

『ボクまたお風呂入りたいですぅ』

クラオルとグレウスはお風呂の気持ちよさとナデナデで幸せそうにベッドに伸びている。

「ふふっ。クラオル達も気に入ってくれてよかった。これからは好きなときに入れるからね」

まったりゆっくりと時間が過ぎていく。

（あぁ。幸せ……）

このままここで寝たいけど、女将さんが夜ご飯を準備してくれている。起きなくちゃ。今日はコテージで寝ちゃおうかなぁ。

閑話　パブロside

セナさんが騎士団に来た。何かあったのかと急いで玄関に行ったら、隊員に呼び出されたとのこと。そんな話はしていないし、聞いていない。団長と副隊長と三人で顔を見合わせてしまった。ブラン団長とアイコンタクトを取り、セナさんに気付かれないよう、部下に指示を出しておく。

ちょうどいいと連れていったのはセナさんが寝泊まりしていた部屋。ここは、いつセナさんがこの宿舎に戻ってきてもいいようにそのままにしてあるんだ。もちろん清掃は入ってるよ。汚い部屋になんて泊まらせるわけにはいかないからね。

今日は以前注文していた服のお披露目だ。セナさんは箱の数に驚いていたけど、これでも厳選したんだよ。フレディ副隊長の一言で着替えて見せてくれるセナさんは誰が見ても可憐な少女だ。何を着ても似合うセナさんを褒めつつ、少し違うことを考える。

セナさんは五歳という割に小さい。チョコチョコ動く姿が小動物みたいなんだ。ついつい抱きしめたくなるし、構いたくなる。しかも撫で方がとても気持ちいい。あまりの気持ちよさにちょっと恥ずかしくなっちゃうくらい。この子の手はテクニシャンで魔性な神の手だと思う！

それに加えて雰囲気というか、オーラというか……セナさんの近くにいるだけで癒されるんだ。小さいし、可愛いし、癒されるなんて……天使だよね！　冒険者達は〝花の妖精〟って呼んでるけど、僕は商店街の人達と同じで断然〝天使〟派！

僕達と一緒にいてブラン団長の関係者だと思われているせいか、婚約の打診まで届いているけど、ブラン団長が握りつぶしていた。セナさんを護る抑止力になるからと、団長は関係者ってことを否定する気はないらしい。勝手に勘違いさせておけばいい、手間が省けるって言ってた。

そうそう、ブラン団長とフレディ副隊長がよく抱えているのは手を繋ぐと腰がやられるから。セナさんの身長だと中腰になっちゃうんだ。まぁ、僕と同じで可愛いって理由もあるだろうけど。

普段はニコニコと愛くるしいセナさんは、ふとした瞬間にとても五歳とは思えない表情や言動をする。初対面時の説明や冒険者ギルドに登録したとき、デタリョ商会の一件のときもそうだった。一番実感したのは……この服を仕立てたテーラーに行ったときだろう。冷静、かつ、大人びたセナさんを見ると強く感じる。

大人顔負けっていえば、レアスキルにスキルレベル、完全無詠唱で魔法を発動するところもか。セナさんは転移魔法なんて伝説的な魔法を使える人に育てられたって言ってた。スキルレベルを考えたら、修業のような日々だったはずなんだ。それにずっと料理を作ってたとも言ってた。以前、セナさんが持っていた植物図鑑を見せてもらったことがある。薬草の効能や採取の仕方、保存方法など事細かく書かれていた。大人でも理解が難しいほどの古い言い回しや堅苦しい言葉で。こんなに幼いのに……一体どんな生活をしてたんだろうね？　僕は虐待でもされてたんじゃないかと疑ってるんだけど……育ての親に譲ってもらったというマジックバッグは性能が恐ろしくいい一級品。加えて、セナさんは〝パパ達〟が好きらしい。んー、謎だ。

そんなセナさんのおかげでブラン団長やフレディ副隊長と腹を割って話せた。僕は子供のころ親に売られ、奴隷商人の下にいたんだ。そこから逃げ出して以来、陰に生きてきて裏切られることが日常茶飯事。周りには敵しかいなかった。この騎士団に来てからも仕事上の付き合いだけだったのに、これが〝友人〟ってやつかと思うとこそばゆい。

執務室付けの休憩室で喋っていると、部下から業務連絡がきた。仕事に戻る旨を伝えたセナさんは玄関の前で手を振って宿に帰っていった。くぅぅぅ！　可愛すぎ！　ホント天使!!

「……ふーん、二人か」

セナさんを付けている人数を確認してから部下のもとへ向かう。おそらくセナさんは気付いているだろう。僕達に言ってくれれば表立って護衛ができるのに、セナさんてば一人で抱え込むんだから。僕達からだと、せっかく集めたパンくずがムダになるかもしれないからさ。ごめんね。

部下が調べた情報によると……元々ピンクオークとS判定の薬草の件で目を付けられていたみたい。セナさんが特S判定の薬草を納品したことで監視対象となってしまったらしい。

誰の差し金かは予想できているものの、黒幕は隠蔽《いんぺい》工作が巧妙で、捕まえられるほどの証拠はまだ掴めていない。僕は捕まえてから吐かせればいいと思うんだけど、それだと逆にこっちを糾弾してくるだろうってブラン団長が。

さて、宿で騎士団のフリをしたやつの尋問に向かいますか。騎士団かと聞かれて否定しなかった時点で罪だからさ。セナさんに活力ももらったし、僕達の天使に手を出そうとしたこと後悔させてあげないとね。

第十一話　青と黒と光瞬《またた》くケサランパサラン

コテージで眠った私は幸せ気分のまま朝食を食べ、お弁当を受け取った。

グータラは最の高である。でも、お世話になってるパパ達から頼まれた廃教会は結界石を発動させたとはいえ放っておけない。せめて迷い込んだり、ケガをしたりした人のために最低限は生活できるようにしておかないと。

まずは家具を揃えようと前にコンロをもらったデタリョ商会に向かう。今日も二人、後ろを付いてきてるけど、面倒なので放置。

商会に着くと、ものすごい歓迎だった。私が入った瞬間に受付嬢がまた執事を呼びに走り、通る従業員にはキッチリ頭を下げられた。

(そんなに畏《かしこ》まらなくても……)

また商会長である、おじいちゃん自ら案内してくれた。その最中にこの前の諜報員の話を聞く。

やはりあの諜報員が横領やら改ざんやらいろいろしていたらしく、今は前よりも売り上げが上がったそう。予想通りだったね。

あれからジャースチ商会にも調べが入ったみたいで、さまざまな余罪が明るみになり、会長やお偉いさんは捕らえられた。機能できなくなったため、ジャースチ商会は取り潰し。デタリョ商会が吸収し、支店として従業員の再教育をしているとのこと。関係していた貴族やら、他の諜報員も捕まり、騎士団の取り調べの後は何故か今までの傲慢《ごうまん》さが嘘のように大人しくなったらしい。この街の騎士団は優秀だし、繋がっていた貴族もいなくなってありがたいとおじいちゃんはニコニコしている。想像よりも大がかりだった。ブラン団長達、大変だったんだろうな……とりあえず解決してよかった。

引退するつもりだったけど、従業員の再教育をまだだしなきゃいけないから引退なんかしていられないとおじいちゃんは笑っていた。〝再教育〟と聞いて、後ろに付いてきている執事の顔色が青くなったから、おじいちゃんの再教育スパルタ疑惑が濃厚になった。

（触らぬ神に祟《たた》りなし！　再教育には触れないよ！）

おじいちゃんの案内でベッドやテーブル、ソファにカーテンなど、廃教会の各部屋に置くものを選んでいく。大型家具をいくつも選んでいたからか、家を買うのかと驚かれた。しっかりと否定しながらも商会をウロウロ。精算では大幅値引きをしてくれた。大丈夫なのか聞こうと思ったら、大丈夫だからと先に言われてしまったよ。なので、言われた金額を支払った。

（ライバルが減って売り上げが上がったからかな？）

満面の笑みのおじいちゃんと従業員に見送られ、東門を出てから目立たないように廃教会に転移。商会で時間がかかったため、そこでお昼ご飯の時間となった。

買ってきたベッドやカーペットなど各部屋を回って設置していく。キッチンにも鍋やボウルなどのキッチンツールを出しておいた。コンロは使えたので魔力を込めるだけで済んだ。

よし！　これで寝泊まりはできるようになったぞ！　これなら大丈夫だろう。食材とかも置いておきたいけど、腐ると困る。保存用の魔道具の作り方をコテージの書斎で調べてからにしよう。

「終わった〜！　きっとパパ達も喜んでくれるよね。この後どうしようか？　あ！　こないだの沼のところでお疲れ様ってことでおやつ食べよう！」

グレウスはよくわかっていないみたいだけど、クラオルは賛成だって。

クラオルとグレウスを肩に乗せ、つい先日浄化した毒沼に向かう。浄化して沼から泉に変化した場所は相変わらずマップには記載されていない。呪淵《じゅえん》の森の中だからか……はたまた小さいからか……パパ達に聞けばわかるのかも。泉は前回頑張ったかいあって美しいまま。キラキラしているというか、なんというか……こう、特別っぽい雰囲気がある気がするんだよね。

泉のほとりにテーブルとイスをセット。そんなに汚れてはいないはずだけど、一応【クリーン】をかけてから座る。クラオルとグレウスはテーブルの上だ。

「じゃーん！　この前、パパ達に作ったパンケーキです！」

『あら！　食べたいと思ってたのよ！』

『ぱんけぇき、ですか？』

「そっか。作ったとき、グレウスはまだ一緒じゃなかったもんね。これはふわふわのスイーツだよ。一緒に食べようね」

クラオルにはクラオル用のパンケーキを出し、グレウスには私のパンケーキを小さく切って渡してあげる。

食べた瞬間、二人の顔が輝いた。

『まぁぁぁー!! 美味しいわ！ 本当にふわふわよ！』

『はわぁぁぁ……美味しいですっ！』

「ほんのり甘いのがいいよねぇ」

二人ともすごく気に入ってくれたみたい。美味しい、美味しいとニッコニコで、詰め込んだほっぺがパンパンになっている。かわゆい。

《あぁぁぁぁーーー！》

パンケーキに舌鼓を打っていると、聞き慣れない声が響き渡った。

(ん？ 人や魔物の気配はしないぞ？)

《お前だなっ⁉ 人間！》

声がする方に顔を向けると、五センチほどの光の塊がポワポワと浮いていた。

(何これ？)

『あら？ 精霊じゃない？』

「ふーん。精霊さんか。今クラオル達とスイーツ満喫中だから、何か用があるなら後にしてもらってもいい？　はい、グレウスどーぞ」
　クラオル達との美味しいスイーツタイムを邪魔されたくないから塩対応。グレウスに新しく切ったパンケーキを渡してあげる。初対面なのに偉そうじゃない？　人型じゃないのが残念なんてちょっとしか思ってないよ。
《なっ⁉　なんだと⁉》
「騒がないでくれないかな？　せっかくの美味しいパンケーキが台無しになるでしょ？　キミも食べたいの？　しょうがないなぁ。はい。これで静かにしてね」
　声量がすごい。声が高めだからか、耳にやたら響く。静かにしてくれと、精霊さんにもパンケーキを切って渡してあげた。
《なんだこれはっ！　今の人里にはこんなものがあるのか⁉　（……人里に行けばこれが食べられる？　でもお師匠が……）》
　大声で叫んだと思ったら、次の瞬間にはボソボソと呟き始めた。悪いが放置だ。
　食べ終わり、紅茶で喉を潤してから、ずっと何か呟き続けている精霊に話しかける。
「ふぅ。で、精霊さんはなんの用なの？」
《やっとか！　待ったぞ！　お前がここを浄化したんだろう⁉》
「そうだけど……毒沼みたいだったたじゃん。何かマズかった？」
《いや！　助かった！　お前を見込んで頼みがある！》
「はい？」

『何よ、ワタシ達の主様を利用する気？』

クラオルが威嚇《いかく》しながら蔓《つる》を伸ばすと、クラオルに触発されたグレウスまで『ヴゥゥ』と威嚇《いかく》し始めた。

(グレウス君、いつの間にそんなことできるようになったんだい？　可愛い顔が……)

《違う！　いや、違わないかもしれないが……とりあえず話を聞いてくれ！》

「うーん。話を聞くだけなら別にいいよ。私はセナ。お前じゃなくてセナ」

『人にお願いする態度じゃないわ！　こんな怪しい精霊の話なんて聞かなくていいと思うわよ』

《うぐっ……！　お、お願いします！》

「まぁまぁ。二人共おいで〜。で、聞いてほしい話って？」

クラオルとグレウスを膝の上に呼び、撫でながら精霊に問いかける。

《オレのお師匠を助けてほしいんだ！》

……はい？

まず師匠って誰だよ！　から始まり、順序立てて説明してくれと頼んだ。

——昔、教会が機能していた頃は教会の祈りでここも浄化されていて泉だった。教会から人がいなくなると浄化されなくなり、ここら辺一帯に濃い魔素《まそ》が溜まるようになった。森の害意や魔素《まそ》が外に漏れないようにこの泉を媒介として浄化していたため、毒沼みたいになった。そのうち泉でも浄化しきれなくなり、最後にこの精霊のお師匠さんが自身の魔力で浄化して眠りについた——

なるほど。パパ達も教会のことを気にしていたから、私ができることであれば助けてあげた方がよさそうだね。

「キミのお師匠さんはどこにいるの？　助けろって、どうやって助けるかはわかってるの？」

《こっちだ！　付いてきてくれ！》

そう言って、光る玉はふわふわとどこかへと向かっていく。

クラオル達には肩に乗ってもらい、急いでテーブルとイスをしまってから追いかける。泉の反対側から二メートルくらいの場所に三十センチほどのちょっと黒い石があった。形は細長くて、両サイドがとんがった宝石みたい。魔力を含んでいるけど、魔石とは何かが違う。

「これ？」

《そうだ！》

「で、方法は？」

《わからない！　だけどあの聖泉を浄化できたならできると思うんだ！》

適当だなぁ……藁《わら》にもすがりたいってところ？

「助けられなくても文句言わないでね」

《もちろんだ！　頼む！》

ふぅと息を吐き、石を浄化するように光魔法をかける。

むっ!?　これ、結構魔力を消費するぞ！　長時間となったら魔力がもつか……

だんだんと石の黒っぽさが薄くなってきた。浄化の光魔法をかけ続けること二時間、石が光り出して宙にホワホワと浮かび上がり、ヒビが入り始めた。もうよさそうだと魔法を止め見守ることにした。ピキピキと走ったヒビが徐々に大きくなり、パリンッと霧散。すると、中から体育座りしている小さな男性が現れた。髪の毛は瑠璃色《るりいろ》で、長〜いサラサラストレート。ハーフエルフのフォスターさんよりも細く長い耳。小ささも相まって、ゲームに出てくるような、ザ・精霊だ。気が付いていないのか、目が覚めていないのか……体勢は変わらず体育座りのまま、宙に浮いている。試しに【ヒール】をかけてみると目を覚ました。

（【ヒール】すごいな……）

《んﾞんﾞ……ここは……》

《うわーん！　お師匠ー!!》

光の玉が泣き声を上げながら起きた妖精に突っ込んでいった。声がデカすぎてめちゃめちゃ頭に響く……耳がキーンってしたよ。クラオルとグレウスが耳を塞いでフルフルと頭を振っている。私の任務は完了でしょう。魔力を使って疲れたし、申し訳ないが耳のためにも早く離れたい。

「じゃあ、目覚めたみたいだし私は戻るね」

《待たれよ。人の子よ》

光の玉に声をかけて戻ろうとすると〝お師匠さん〟に止められた。低めなのによく通る声だ。

「なーに？　目覚めたならもう大丈夫でしょ？」

《そなたが儂《わし》を起こしてくれたのか？》

《ぅﾞぅぅぅぅー！　お師匠ー!!》

「そうだよ。その光の玉の子に助けてほしいってお願いされたからね」

《しかしこの魔力は……神の……》
《お師匠ー！　お師匠ー！》
正直、お師匠さんのおなかあたりにへばり付いている光の玉の声が大きすぎて、お師匠さんの声が聞きとりにくい。玉、お師匠としか言ってないよ……
「え？　何？」
《いや。礼を言う。この聖泉も浄化してくれたのだな。教会からも以前以上の神の力を感じる。そなたの魔力はとても心地よい》
《お師匠、お師匠、お師匠ぉぉー!!　うぅ゛ー！　よかったぁぁぁ！》
「それはよかった。教会もキレイになったし、結界も張ってるからもう大丈夫だと思うよ。それじゃあ、私は戻るね」
《待たれよ》
《お師匠ぉぉぉぉ！》
再び呼び止められた私は振り返る。さらにボリュームアップした玉の声のせいで、耳の痛さに私の顔は引き攣《っ》っていることだろう。感動の再会でしょ？　ぜひ構ってあげてくれ。
「今度はなーに？」
（お師匠さん、光の玉に少しくらい反応してあげなよ！　可哀想だよ！）
《また明日にでも来てはもらえぬか？》
《オレずっと心配してたんだよぉぉぉぉぉ！》

「別にいいけど……」
《明日であればこやつも落ち着くと思うのだ。少し落ち着いて話がしたい。手間をかけるがよろしく頼む》
《お師匠ぉぉぉ！　オレを無視しないでぇぇぇぇ！　会いたかったんだよぉぉぉぉぉ！》
「わかった。お願いだからその光の玉、今日中に落ち着かせておいてね」
《あい、わかった》
《うわぁぁぁん！　お師匠ぉぉぉ！》
ちょっと光の玉を不憫《ふびん》に思いながら教会に戻る。どちゃくそうるさかったが。
もうすぐ日が暮れてくる時間だ。ストーカーのことを考えたら、早めに宿に戻った方がよさそう。
朝も付けられていたし、薬草採取に入ったことのある森に転移することに決めた。そこから身体強化で門の近くまで走り、普通のスピードに落として門から入る。街に入ると、待ちかねていたように後を付けられ始めた。
(明日は宿から転移しよう)

◇
◆
◇

今日は宿の部屋から廃教会に転移した。昨日、〝お師匠さん〟に言われたからね。泉に着くと、大小さまざまな光の玉がポワポワと浮かんでいた。

（何これ⁉　ケサランパサラン⁉）
《おぉ！　来てくれたのだな》
大きい光の玉が近くに寄ってきた。その声は……
「昨日のお師匠さん？」
《そうだ》
返事をした光の玉はポンッと音を立てて、昨日見た人型になった。
《皆《みな》よ。この御方が泉を浄化し、儂《わし》を助けてくれたのだ。しっかりと姿を現しなさい》
お師匠さんの発言でポンッ！　ポンッ！　ポンッ！　とそこかしこの光の玉が次々と精霊の姿に変わっていく。それが収まると、大勢の小人がパタパタと羽を動かして飛んでいた。
「わぁ～！　可愛い!!」
《気に入ってもらえて嬉しく思う》
「うん、可愛いね。昨日の弟子の玉の子はいないんだね。で、お話ってなーに？」
《うむ。あやつは少々騒がしいのでな……仕事を与えておいた故《ゆえ》、しばらく戻ってこないはずだ》
《きゃ～～！　あなたね！》
いきなり、黒色の精霊がお師匠さんと私の間に割り込んできた。
うお⁉　どちらさん？
《黒、やめぬか》
《だってー！　こんなに可愛い子だと思わなかったんだもん！　青だけずるいわ！》

《いきなり現れてはこの御方が驚くだろう》
《結晶化して少しは変わったかと思ったけど、あなたちっとも変わってない！》
「ねぇ！　話って何？」
最初は穏やかだったのに、青い精霊と黒い精霊の会話は徐々に激しくなっていく。キリがなさそうだったので話に割り込ませてもらった。
《すまぬ。儂《わし》も契約してそなたに付いていきたいのだ》
「はい？」
《儂《わし》が結晶化したあと代替わりもしたし、ここも安全になった。ならば助けてくれた恩人の助けになりたいと思ったのだ》
「はい？」
《儂《わし》はそこらの人族よりも魔法が使える故《ゆえ》、役に立てるはず》
いやいや！　そんなフンッ！　って自信満々に言われても。
「百歩譲って付いてきたいっていうのは、許可うんぬんは別として理解できるけど、代替わりって？」
《儂《わし》は元々精霊王だった。儂《わし》が結晶化したため、代替わりして今は元精霊王。つまりただの精霊になった》
《私も元精霊王よ！　青が結晶化しちゃったから同時期に精霊王だった私達も代替わりしたの》
「え……女の子なのに精霊王なの？」
《精霊王とは肩書きだ。同属性の精霊をまとめる立場の者のことを示す。男も女も関係ない》

《ちなみに精霊全体をまとめているのは精霊帝《せいれいてい》って呼ばれてるわ！》

「へぇ、そうなんだ」

《だから儂《わし》がそなたと一緒に行動してもなんの問題もない》

「うーん……モフモフじゃないしなぁ……クラオル達がいてくれるし、別にお詫びとかお礼とかいらないよ。しかも精霊のお偉いさんなんでしょ？」

《何!? 儂《わし》はもうただの精霊だ！ 偉くなんかない！ ……ダメか？》

青い精霊は叫ぶように言った後、ガックリと肩を落とした。

うーん、どうしよう？ なんでそんなに付いてきたいの？

「ちょっと待ってね」

肯いた青い精霊を待たせ、クラオル達と小声で作戦会議だ。

「(二人共どう思う？)」

『(うーん。どうかしら……まぁ、元精霊王なら大丈夫だと思うけど……)』

『(ボク、精霊のことよくわかりません……)』

寂しそうなグレウスを撫でると体を擂《す》り寄せてきた。

『(そうねぇ……こちらから条件を出して、それでもよければいいんじゃないかしら？)』

「(でも精霊って目立たない？)」

『(精霊王だったなら姿を消すくらい簡単にできると思うわ)』

なるほど。なら条件を付ければいいかな。クラオル達と相談して条件を決めていく。

「お待たせ。いいよ。条件があるからそれでもよければ」
《うむ！　して、その条件とはなんだ？》
ＯＫが出たことが嬉しいのか、青い妖精は鼻息荒く興奮した様子だ。
ホントなんでそんなに付いてきたいの？
「まずは……」
クラオルとグレウスの言うことを聞くこと、基本的には姿を隠すこと、勝手に行動しないこと、他の人に迷惑をかけないこと、街中などで勝手に魔法を使わないこと、戦闘や私生活で臨機応変に協力すること、私は冒険者で旅をするからここへは頻繁には戻ってこられないこと……と、思い付く限りの条件を羅列していく。
「……今のところこんなもんかな？　あと、先に言っておくと、私だいぶ自分勝手だからね」
《うむ、構わん！　そなたの指示に従おう！　儂《わし》はそなたと契約したいのだ》
え？　いいのかよ……なんでそんなに契約したがるのかわかんないよ……
《私も！　私も!!　私も一緒に行きたいっ！》
「えぇ!?」
《青だけずるいわ！　私も連れてって！》
「えぇ……精霊ってそんな簡単に契約するの？」
《いや、しない。そなたは特別だ。これほど面白そうな人族はそうそういないからな》
(面白そうって、それが本音かいっ！)

「ハァ……言うこと聞かなかったり、クラオルとグレウスに何かしたりしたら羽むしり取るからね？」
《うむ！　キチンと言うことを聞くぞ！》
脅しを込めて睨みながら言ったのに、全然気にしてない……
「羽むしるって言ってるんだから、ちょっとは迷ったりしようよ……」
《そなたは理由もなくそのようなことをしないだろう？　だから大丈夫だ》
「そうだけど……まぁ、いいならいいや。契約ってどうするの？」
《名を付けてくればいい》
「名前ねぇ……それが一番悩むんだよね。お師匠さんはなんの精霊なの？」
《儂《わし》は水と氷だ》
《私は闇と空間よ！》
精霊ねぇ……どうしようか……クラオルとグレウスは色からモジったんだよなぁ。んー……あ！
「お師匠さんはエルミス、お姉さんはプルトンってどう？」
私が言った瞬間、クラオル達に名前を付けたときよりも強くピカーッ！　と光った。
《儂《わし》はエルミスか！　よき名前だな》
《私はプルトンね！　嬉しいわ！》
二人はテンション高く、ピュンピュンと飛び回り始めてしまった。はしゃいでいるなぁと思っていたら、しばらくして肩を落とした二人が戻ってきた。
《すまぬ……そなたの名前を聞いていなかった》

《ごめんなさい……》
「あぁ。私はセナだよ。こっちがクラオルで、この子がグレウス。仲よくしてね」
《ふむ！　主《あるじ》の名はセナか。よろしく頼む》
《よろしくね！》
精霊契約は従魔と違って首輪を付けないのでそのままだ。笑顔を向けてくる二人をじっくりと見てみる。
青い精霊エルミスは、瑠璃色《るりいろ》の髪の毛が腰まである、サラサラストレートの長髪。その髪と同色の瞳。頭には銀色のサークレットみたいなものを付けていた。耳はエルフよりも長くとんがってぃる。儂《わし》って言ってるけど、見た目は二十歳くらい。身長は約十五センチ。さすが精霊って感じで色気のあるイケメンである。
黒い精霊プルトンは、黒髪のミディアムボブで黒い瞳。カチューシャみたいなものをしていて、エルフよりもとんがった耳には大きな耳飾り。二十歳ほどの外見で身長は十五センチくらい。さすが精霊で可愛い系美女である。
(それにしてもこの世界ってイケメンと美人が多すぎない？)
「よろしく。目立ちたくないから、普段は絶対に姿を隠しててね」
《《もちろん！》》
「わからないことはクラオルに聞いてね」
『ワタシ⁉』

《《わかった！》》
「うん。私もパパ達からの刷り込み情報があるけど、クラオルの方がいろいろ詳しいでしょ？　それにずっと一緒だからね」
『んもう。しょうがないわね』
しょうがない、なんて言いながらも満更ではなさそうに頬をスリスリしてくれた。
「それにしても……偉い精霊って人の大きさだと思ってた」
《ん？　大きい方がよいのか？》
《私達、大きくなれるわよ？》
事もなげに言ってのけた精霊の二人はポンッという音と共に人間サイズになった。二人共背が高い。エルミスはセクシーだし、プルトンはアイドルみたい。
（大きくなってもイケメンと美女！　モテそうだなぁ～）
「すごいねぇ。せっかく大きくなってくれたけど、小さい方が可愛いから小さい方で」
またポンッと音が鳴り、さっきの十五センチほどの大きさに戻ってくれた。やっぱりこっちの方が可愛い。
《今日はこの後どこへ行くんだ？》
「エルミスに呼ばれたから特に決めてなかったんだよね。今日はもう宿に戻ろうかな」
《そうか！　では行こう！》
「ノリノリだね……他の精霊さんに挨拶とかしなくていいの？」

《大丈夫だ。既に済ませてある》

契約する気満々だったんですね……

他の精霊達とバイバイして教会に戻り、転移で宿へ。二精霊は転移したことに驚いてはいたものの、大興奮！　ってほどではなかった。魔法が得意って言っていたし、感覚が人とは少し違うのかも？

パタパタと部屋の中を見ていた精霊達に声をかけ、お昼ご飯を食べる。エルミスとプルトンはご飯よりも水魔法で出した水がいいらしい。なんか、好きな魔力なんだって。契約したからかねぇ？

食後はベッドに座り、クラオルとグレウスをモフモフ。精霊達が街や外に行きたがるかなって思ったんだけど、クラオルから許可が下りなかった。クラオルいわく、『契約には魔力を使うんだから今日はゆっくりするのよ！』だそう。初めての契約だと喜んでいる二人とお喋りすることにした。

まず、精霊には年齢っていう概念がないらしい。強さによって成長の度合いが違うとのことだった。そして姿を隠すことについては、自分達が認めた人物にだけ見えるようにできるんだって。存在を感知できる人は稀《まれ》にいるものの、ほとんどの人は存在にも気が付かない。ハッキリとした姿を目視できるのは特殊な目を持っている人だけとのこと。

あの泉は精霊の中では〝聖泉の楽園〟と呼ばれていて、精霊の国との繋がりがある場所。元々は普通の人間は近付けないようになっていて、エルミスのお気に入りスポットだったそう。私が浄化したからか、泉は前以上の力が宿り、精霊にとってとても居心地がよくなったみたい。だからあんなに光の玉達が集まっていたんだって。エルミスは何故私達が辿り着けたのかを不思議がっていた。毒沼化していたから人避けが機能してなかったんじゃない？　っていうのが私の予想だ。

精霊達は精霊達で私のことが気になるみたい。クラオルから許可をもらい、最初から説明することになった。異世界のこと、パパ達のこと、この世界に来てからのこと……途中、夕食を食べるために中断したものの、興奮冷めやらぬ精霊達に熱望され、学生時代の修学旅行みたいに寝落ちするまでみんなで喋り続けた。

第十二話　お勉強と指名依頼？

昨日、パパ達についても話したし、クラオルからガイ兄《にい》の承認が下りたと教えてもらえたので、私はかねてからやりたかったことに着手することにした。

「廃教会が落ち着いたから、今日からちょっと書斎に通うよ！　みんなはコテージで好きにしてて大丈夫。ただ、パパ達の部屋には入っちゃダメだからね」

みんなの了承を得てからコテージのドアを出して書斎に向かう。

クラオルとグレウスは一緒にいてくれるらしく、いつも通り肩の上。エルミスとプルトンの精霊二人は《すごい！　すごい！》と喜びを爆発させ、探検してくると飛んでいった。

『主様は何を調べるの？』

書斎に並んでいる本を見ているとクラオルから質問された。

「錬金と鍛冶と魔道具についてだよ。あ！　あった、あった！」

『主様がそれを読んでる間に、他の本を探してあげるわ』

『ボクも探します！』

「いいの？　ありがとう！　助かる〜」

座っていていいと言うクラオルに促され、リクライニングチェアに座り、先ほど見つけた錬金の本を開いた。

まずは入門編。錬金術とは、から始まる文章を斜め読みして、大事そうなところを抜粋《ばっすい》して読んでいく。簡単に言えば、成分を理解して効能を考え、分解、抽出。それを用途に合わせて合成するってことらしい。ビーカーやフラスコを使った簡単なレシピが載っていた。

次は上級編。何故か中級がなかったんだよ。これはキチンと読んでいく。合成を、全て魔法でやる方法だった。慣れたら量産できるらしいけど、必要な属性魔法の種類が多いため広まらなかったみたい。こちらは高ランクの魔物の素材を使うレシピが載っていた。

二冊に共通して書いてあったことは、錬金術はポーションなどの薬も作れるが、毒薬や劇物も作れてしまう。魔物に使用するならいいが、誰かを陥れるようなものは作らないという良心を忘れないでほしいということ。

ふむふむ。なるほど。思っていたより簡単そうだし、ゲームみたいでこういう実験は面白そう。

入れ物も鉱石を錬金して作ればできそうだ。

さてさて次は……クラオルが探してきてくれた鍛冶の本。

鉄や鋼などは、やはり成分を混合させないと脆く折れやすくなるらしい。神銀《ミスリル》やアダマンタイトなどの高等石に分類されるものは魔力浸透率がいいので混合しなくてもよいが、作るものによって混合したりしなかったりするらしい。武器や防具を作る際、魔物の素材を一緒に練り込むことでその素材の特性を生かすことも可能だそう。この辺は異世界物あるあるだね。

あとは細かく成分の抽出方法や、炉に入れた際の色の変化、ハンマーで叩く際の注意事項などについて書かれていた。なんとなくだけど、勘でできそうなのは気のせいだろうか……

お昼の時間になるとクラオルから声がかかったのでクラオル達とお弁当を食べる。食べ終わってすぐ、読書を再開した。書斎には本をめくる音だけ。チラッと確認すると、クラオル達も何か読んでいるみたいだった。

夜ご飯の時間になるとクラオルに声をかけられたので、部屋に戻ろうと動き出す。書斎から出ると、ちょうどエルミスとプルトンが戻ってきた。一緒に部屋に帰り、宿の食堂でご飯を食べて部屋に戻る。

また寝るまで部屋で読書。エルミスとプルトンも本を読みたいとのことで、読み終わった本を渡しておいた。

結局、気が済むまで書斎に通い続けること四日。初日に読んだ錬金・鍛冶・魔道具の他に、付与・料理・各国や街の特産品・裁縫といろいろな本を気の向くままに読みふけった。

うん。なんとなくは理解できた！　実際にやってみないと細かいことはわからない。とりあえず、明日はまた心配されないように薬草採取して納品かな？

なんて考えていたら、夜、食堂に下りると女将さんに声をかけられた。ここ数日ご飯以外ずっと部屋に閉じこもっているのを心配されたらしい。本を読みたくて閉じこもっていたと正直に話して、明日は薬草採取に行くと言うと安心してくれたみたい。よかった、よかった。

◇◆◇

昨日女将さんに言った通り、薬草採取しようと宿を出ると、またストーカー二人が付いてきているのがわかった。ちょっと忘れてたよ。なんのために付いてきているのかはわからないけど、クラオルとグレウスには離れないように、エルミスとプルトンには絶対姿を出さないように小声で注意しておいた。

東門を出て、薬草採取の森に向かう。身体強化を使って走ったからか、ストーカーの気配はしないけど念のため音楽再生はしない。前回よりも少しだけ奥に入り、【サーチ】を使って採取を始める。

ジメ草《そう》を掘ろうとするとグレウスからストップがかかった。

『主《あるじ》、ちょっと待ってください』

「おぉ！　グレウスすごーい！　ありがとう。すごく助かる。土魔法使えたのね〜！」

土魔法で土を柔らかくしてくれたグレウスを持ち上げてスリスリ。

『えへへー。主《あるじ》に褒めてもらえて嬉しいです！』

照れながらも擦り寄ってくるグレウスにデヘへと相好を崩した。

（なんて可愛いの！　たまらん！　ウチの子が優秀すぎる！）

グレウスのモフモフを堪能したら薬草採取を再開。クラオル時報が入るまで採取し続けた。


午後は少しだけ採取をして、早い時間に街に戻った。

ギルドの受付けは空《す》いていて、前と同じようにジャンプをしてカウンターを掴み、懸垂の要領で顔を出す。口をあんぐりと開けたお姉さんにサブマスのジョバンニさんを呼んでもらうよう頼んだ。

ジョバンニさんはすぐに来てくれた。慣れたように抱えられ、執務室に入る。ソファに腰を落ち着けると、気まずそうなジョバンニさんに話しかけられた。

「ちょうどよかったです。セナ様にお話がありまして……」

「お話？」

「はい。しかしその前にセナ様のご用件を伺います」

「薬草採取してきたから納品だよ」

「ありがとうございます。では、こちらの箱に出していただいてよろしいでしょうか？」

「はーい」

ジョバンニさんに指定された箱にポンポンと薬草を入れていく。

「サヴァ草《そう》五十本と無毒草《むどくそう》五十本だよ」

「相変わらずキレイで新鮮ですね。とても助かります。では、こちらを集計して鑑定に出して参りますので少々お待ちください」

「はーい！」

用意してくれた紅茶を飲みながらクラオルとグレウスを撫でて待つ。お話ってなんだろうね？クラオル達もわからないみたいで、しきりに首を傾げている。いつも鑑定の待ち時間はお喋りするのに、今日は結果が出るまで戻ってこないっぽい。

そんな真面目なお話なのかね？　薬草もっと持ってこいとか？　いや、ないか。ジョバンニさんも心配性だから。あ……ブラン団長に何か頼んでほしいとかかな？

なんてことを考えている間に、ジョバンニさんが戻ってきた。手には鑑定結果が書かれた紙。予想通りだったね。

「大変お待たせいたしました。さすがセナ様ですね。今回も両方ともS判定でした。どちらも一本銅貨三枚なので、合わせて百本で金貨三枚になります。ギルドカードをお借りしてよろしいでしょうか？」

「はい！」

お金を受け取り、ジョバンニさんにギルドカードを渡す。いつものようにワープロ水晶玉にカードを差し込んでからカチカチといじった後、返却された。

「はい。今回も依頼達成です。ありがとうございます」

「うん。それでお話ってなーに？」

気になっていた私が質問すると、ジョバンニさんはゴホンッと咳払いして、真剣な面持ちで口を開いた。

「あのですね……セナ様に、騎士団と他の冒険者と共に北の森に行っていただきたいのです」

「北の森ってヤーさん達とスライム討伐に行ったとこ？」

「はい。その森です。元々あの森にいたスライムはポイズンスライムではありませんでした。セナ様が忠告してくださったので他の冒険者パーティに依頼として森の様子を見に行ってもらったのですが……大ケガをして戻ってきたのです。そのため、大規模な討伐隊が編制される事態となりました。セナ様の安全を考え、考え直すように進言したのですが……力及ばずセナ様への指名依頼となってしまいました」

ジョバンニさんは申し訳なさそうにしゅんと肩を落とした。

「指名依頼……指名依頼ってランクが上がらないとされないんじゃないの？」

「基本はそうですね。ランクが上がり、ある程度知名度が上がった後の方が多いです」

「なんで私？」

「それが……セナ様が前回忠告してくださったおかげで森の変異に気付けたので、その者を討伐隊に組み込めばいいと。……私も騎士団の方々も反対したのですが……申し訳ございません」

「指名依頼って断れるんだよね？」

「はい、基本的には。ですが今回は領主様からの指名扱いになっていますので、断るのは難しいかと思われます。本当に申し訳ございません」

ジョバンニさんは疲れた様子で話した後、頭を下げた。

（なるほど。サブマスの権力が使えないくらいのお偉いさんからの圧力ってところか。本当に貴族って嫌いだわ。領主からの指名扱いね）

「わかった。受けるよ。ジョバンニさんのせいじゃないし、私のことを考えてくれたの嬉しいよ」

「大変申し訳ございません」

「ジョバンニさんのせいじゃないから大丈夫だよ。それに騎士団のみんなもいるんでしょ？」

「はい。ブラン様達が向かうことになるかと思います。他の冒険者もいます。おそらく何泊かすることになるかと……」

「騎士団のみんながいるなら大丈夫だよ！」

「セナ様。向かう際は充分……いえ。十二分にお気をつけくださいませ」

深刻な表情でジョバンニさんに力強く言われた。

「うん、ありがとう。それでそれはいつなの？」

「明後日《あさって》出発でございます。お知らせが遅くなり、申し訳ございません。再三考え直すように進言していたら期日が近くなってしまいました」

「わかった。明後日《あさって》出発だね。じゃあこれから準備しないと」

「恐れ入ります。依頼受付けとして、もう一度ギルドカードをお借りしてよろしいでしょうか？」

「はーい」

再度ギルドカードを渡した私は、この後の予定と予測できる事案について素早く考えを巡らせた。

「では、大変申し訳ございませんがよろしくお願いいたします」

再び頭を下げたジョバンニさんに見送られた私は、目的のお店を目指して足を動かした。行き先はビーフシチューのお店、【熊屋】さんだ。

お店に入ると、前回接客してくれた、赤茶色の髪の毛のお姉さんが私に気が付いた。

「おや！　こないだのシチューの子じゃないか！　久しぶりだね。食べてくかい？」

「ううん。あのね、お願いがあってきたの」

「お願いいかい？」

「うん。あの美味しかったフォン肉のシチューをたくさん作ってほしいの」

「たくさん？」

「うん！　お鍋二つ分！」

「鍋二つって……嬢ちゃん小食だから、食べ切る前に腐っちまうよ？」

「大丈夫なの！」

お姉さんにわかりやすいようにマジックバッグをポンポンと叩いてみせる。合点《がてん》がいったみたいで、お姉さんはフハッと笑みを浮かべた。

「なるほどね！　わかったよ。鍋は用意してくれるのかい？」

「うん！　今渡せるよ！」

「じゃあ付いてきな！」

お姉さんに続いてキッチンまで足を運ぶ。

「旦那ー！　ちょっとー！」

「なんだー!?」

お姉さんに呼ばれて出てきたのは熊みたいな男の人。背が高い、ガタイのいいおじさんだった。

(だから熊屋か！　納得！)

「この子がフォン肉のシチューを鍋二つ分作ってほしいんだってさ」

「こんなちっこいのが鍋二つ分？　食いきれねぇだろ？」

「大丈夫！　とっても美味しかったからお外でも食べたいの！」

熊のおじさんにもマジックバッグをポンポンして見せながら力強く口にする。

「ワハハハハ！　お前さん、あのシチューの子だな？　お前さんが来てからウチのシチューが大人気になったんだよ！　わかった、わかった。腕によりをかけて作ってやるよ。鍋は持ってんのか？」

「本当？　ありがとう！　このお鍋にお願いしたいの」

マジックバッグから寸胴鍋を二つ出して熊おじさんに渡す。

「おぉ！　思ってたよりデカいな。渡すのは今日じゃなくて明日でもいいか？」

「うん。明日なら大丈夫？」

「明日の昼には渡せるようにしてやるから取りに来てくれ」

「わーい！　ありがとう！」

お礼を言って、お姉さんと熊おじさんにブンブンと手を振って店を後にする。二人共、笑顔で手を振り返してくれた。

宿への道すがら、目についたお店に寄ってお買い物。入るお店、入るお店、オマケを付けてくれ、楽しいショッピングだった。ストーカーは監視してるだけみたい。宿の部屋に何かしてくるなんてこともない。このまま放置でも大丈夫そうだ。

ちょっと早いけど夜ご飯を食べて、女将さんに明後日《あさって》から指名依頼で森に泊まるかもしれないこと、部屋をそのまま確保しておいてほしいことを伝える。取り置き状態だとその分の料金が発生すると言われたけど、先払いしてあるし問題ないと伝えてから部屋に戻った。

◇◆◇

今日は忙しい予定である。朝ご飯を食べてから、バタバタとみんなを連れてコテージのキッチンへと入った。

「今日はいつ何があっても大丈夫なように、パンとジャムを作ります！　あと豚丼。今日もクラオルはお手伝いをお願いね。お昼には熊屋さんに行くから超特急だよ！」

『わかったわ』

頭の中で時間配分を考えつつエプロンを締める。クラオルとグレウスも気合充分だ。

手早くフルーツを切り、煮詰める。今回もアク取りはクラオルに任せて、私は風魔法でかき混ぜる。お鍋の煮詰めチェックはジャムを食べたことのあるグレウスに頼んだ。出来上がったジャムはエルミスが氷魔法で冷まし、プルトンが茶筒に移し替えてくれた。

続いてクラオルに蔓《つる》でボウルを支えてもらってパン生地を捏《こ》ねる。ひたすら生地を量産したらジャムを包んでオーブンに投入。今回は麦パンにバケットも作った。

みんななんて有能なの！　私には勿体ないくらい優秀！

パンが出来上がったら豚丼だ。前に倒したピンクオークのブロック肉を薄切りにして、寸胴鍋に調味料と玉ねぎを投入、煮ていく。

料理アプリのスキルでチェックしたら、出汁《だし》がなくても作れるレシピを発見したんだよ。パパ達がショユの実を送ってくれていて助かった！　本を読んで、生姜《しょうが》がジンベリの木って呼ばれていることもわかったんだ。

豚肉を煮たら味見をして、確認。それから炊飯器を出してパパ達用のお皿に盛りつけ。完成したものをロッカーに入れていく。珍しくて高い肉みたいだし、きっと喜んでくれるでしょう。出汁《だし》があったらもっと美味しくなりそうだけど、とりあえずはよしとする。

全部作り終わったころにはお昼近い時間になっていたので、急いで片付けて宿の部屋に戻った。

女将さんに出かけてくることを伝えて熊屋に向かう。

到着した私をお姉さんが迎えてくれた。

「おや！　早いね！」

「うん！　お昼ご飯も食べようと思って」

「そうかい！　今日は何にするんだい？」

「フォン肉のシチュー以外のお姉さんのオススメを半量でお願いします！」

「半量って足りるのかい？」

「うん、充分。残すの勿体ないから！」

「大丈夫ならそれで出すよ。ちょっと待ってな！」

キッチンの方へ行ったお姉さんは数分で戻ってきた。手にはすでにお皿が。もうできたらしい。早いな……

「これがあたしのオススメ〝ミド豆のスープ〟と〝白パン〟。前と違う方がいいかなって思ったから〝フラゴラの果実水〟にしたよ」

ミド豆はエンドウ豆。フラゴラは苺。本で読んだ内容と照らし合わせる。

「わぁ〜、美味しそう！」

(半量でも多いな！)

「美味しいよ！」

お姉さんは他のお客さんに呼ばれていき、いただきますをしてから食べ始める。

ミド豆のスープはコンソメ風味だけど、普通のコンソメスープと少し違っていた。ちょっととろみがあってこれはこれで美味しい！　白パンにも合う。やっぱり量が多くて、クラオルとグレウス、エルミスとプルトンにもこっそり協力してもらった。エルミスは《やはり、セナの魔力の水の方が美味しいな》なんてボヤいていたけど。

なんとか食べ終わったタイミングでお姉さんにキッチンに呼ばれた。

キッチンで熊おじさんからフォン肉のシチューを受け取り、お会計。なんとシチューが私の一件もあって看板メニューに昇格したとかで値引きしてくれた。騎士団の隊員さん達もよく食べに来てるらしい。値引きはありがたいね！

熊屋を出た私は今日消費したフルーツや小麦粉を中心に買い漁った。

そろそろ頃合いかなと向かうは騎士団の宿舎。

今日は誰とも遭遇しなかったのでそのままブラン団長の執務室まで歩いた。気配を探るとブラン団長はちゃんと部屋にいるみたい。宿舎にいたときはいつも三回ノックをされていたので、私もノックを三回にしてみた。

「……誰だ？」

「ブラン団長？　セナだよ」

私の名前を聞いたブラン団長が勢いよくドアを開き、私は目を剥いた。

「……どうした？　何かあったか？　とりあえず入れ」

入れって言ったのに抱っこされ、ブラン団長は執務机の上に置いてあるベルを鳴らしてから私を休憩室のソファに降ろした。

ちょっと待っててくれと執務室に戻ったブラン団長は、訪れた誰かと話している。

（ベルは呼び出しベル？）

膝の上のクラオルとグレウスを撫でてブラン団長を待っていると、フレディ副隊長とパブロさんの気配が近付いていることに気が付いた。しかも結構なスピードで。

集合した三人は休憩室に入ってくるなり、パブロさんとフレディ副隊長が私を挟むように座り、ブラン団長が正面に座った。素早い……。ピットリと私の腕に体をくっ付けるパブロさんとフレディ副隊長に驚いたグレウスに、クラオルが『この三人は大丈夫よ。問題なのはリカルドってやつだから』って声をかけていた。

クラオルさん……やっぱリカルド隊長のこと好きじゃないんですね……あれから会ってないのに。

苦笑いをこぼしていた私にブラン団長が話しかける。

「……待たせた。何があった？　もしかして明日のことか？」

「いきなり来てごめんね。そうそう。明日何時にどこに集合なのか聞こうと思って」

「……受けるのか？」

「うん。ご領主様からの指名扱いらしくて断れないみたい。ジョバンニさんのせいじゃないのに、いっぱい謝られちゃった」

眉根を寄せていたブラン団長に答えると、三人が顔を見合わせた。

「……そうか……わかった。俺も報告しておこう」

報告とな？　誰に？

「……俺達も考え直すように言ったんだが……すまない。受けるなら明日は朝迎えに行く。他の冒険者と騎士団もいるが大丈夫か？」

「うん。ジョバンニさんから聞いたよ。心配してくれてありがとう。みんなもいるし、クラオルとグレウスもいるから大丈夫だよ」

「……そうか。移動は馬車になる。何日か泊まることになるだろう。野営に必要なものはこちらで用意しておく」

「わかった！」

野営に必要と思われるものは、最初にパパ達が無限収納《インベントリ》に送っていてくれている。食材も買ったし、他に必要なものは特に思い浮かばない。

夕食に誘われたものの、女将さんに出かけるとしか言ってないから断らせてもらった。その代わり、宿まで送ってくれることに。お仕事があるんじゃないかと遠慮したんだけど……「セナさんの方が大事ですので」なんてフレディ副隊長に言われたんだよ。確実にお仕事の方が大事だと思います！　とはツッコめなかったので、押し切られる形で送ってもらった。

寝る前に本を読みながら考えるのは明日のこと。朝、ブラン団長達がお迎えに来てくれるらしい。ジョバンニさんとブラン団長達の口ぶりからして、何かありそうだ。よく注意しておかないと。眠くなるまで本を読み、クラオルとグレウスを抱きしめて眠りについた。

第十三話　討伐隊

今日は前に大量にブラン団長達からもらった服の中で気に入った、上半身が白でスカートが鮮やかなロイヤルブルーの膝上ワンピース。ブーツは履こうと思ったまま履けていなかった〝黒獄龍《こくごくりゅう》の土雲《どうん》ブーツ〟にしてみた。なんか名前が強そうだよね。

朝食を食べ終えてから三十分も経たないうちにブラン団長達が迎えに来た。彼らはいつもの隊服ではなく、訓練のときに見た鎧と、隠密っぽい服装だった。

心配そうな表情の女将さんに部屋のことをお願いして手を振る。集合場所は北門前らしいけど、ギルドで馬車に乗ってから向かうんだそう。

ギルド横の馬車置き場には、すでに私達と一緒に行動する予定の冒険者のパーティが待っていた。早めに集合場所に着きたいとのことで、自己紹介はまた後で。慌ただしく、馬車に乗り込んだ。

北門に着くと、見たことのない騎士団の人達と他の冒険者のパーティがいた。街の各エリアの騎士団＋冒険者パーティ一組ってことみたい。確か四エリアに分かれていたって言っていたから、四エリアの騎士団＋四パーティだね。

私達が着いたときには、まだ一エリアの人達しかおらず、残りの二エリアの人達を待つことになった。続々と集まってくる中、他のエリアの人達からの視線をビシビシ感じる。そのせいでクラオルは警戒心を強めているし、グレウスは私の首にしがみついている。でも同じエリアの冒険者パーティの人達は優しい雰囲気なんだよね。仲よくできそうでよかった。ただ、ちょっと気になるのが、明らかに一般人っぽい人達がいること。他のメンバーと違ってあんまり戦えなさそうに見える。大丈夫なんだろうか？

全員集合したところで、ブラン団長が今回の討伐についてを説明。最後に私についても説明した。領主からの指名依頼だから断れずに一緒に行くことになったこと、他のパーティには迷惑をかけないから安心してほしいこと……ブラン団長の話を聞いた二エリアの人達は好意的な雰囲気に変わった。残りの一エリアの人達は騎士団を含め全員モヤモヤする気配。これは油断できないね。

エリア毎《ごと》に分かれて馬車に乗り、四つの馬車で湖のある森へ向かう。御者《ぎょしゃ》は専門の人。私が気になった一般人っぽい人達だった。納得。

馬車の中で、私達と行動を共にする冒険者パーティと自己紹介をした。坊主頭のフィズィさんはいかつい男性で蛇族。キツネ耳が可愛いフクスさんは妖艶《ようえん》美女な狐族。みっちり毛深い熊耳のブルインさんはごつい男性で、熊族。とんがった耳のエルフェルンさん、スレンダー美人。Bランクパーティでパーティ名は【酒好き】。

フィズィさんは蛇っぽいなぁ～と思っていたら、まさしく蛇族だった。見せてくれた舌の先が二つに割れていてビックリ。エルフェルンさんはエルフのクォーターらしい。パーティ名を聞いてお酒が好きなのかと把握した。

「Gランクだけど、足を引っ張らないようにするので、よろしくお願いします」

「「「「よろしく！」」」」

「言葉遣いは気にしなくていいぞ。オレ達も丁寧な言葉なんて喋れねぇから」

「ありがとう！」

ブルインさんの言葉に他のメンバーも頷いている。好意的な人達でよかった！

ワイワイと楽しくお喋りしていると、森に到着したと御者《ぎょしゃ》さんから声がかかった。ここからは歩いて森に入る。御者《ぎょしゃ》の人は馬車を守るために待機するそう。

この先はエリア毎《ごと》に違うルートを進み、森の中の広場で一度落ち合い、道中の報告会を開くんだそうだ。報告の内容次第では長引く可能性もあるとのこと。


森に入ると、前回とは違って森がザワザワしてる気がした。魔物の声が聞こえているワケではないのに、どこか落ち着かない雰囲気だ。魔物の気配を探ると、以前来たときよりも増えていることがわかった。前は湖の周辺から奥の方にいっぱいいたのに、今は湖の手前にもウジャウジャいる。

「あ！　ゲンコツ草《そう》！」

ブラン団長の腕の中から薬草を発見すると降ろしてくれた。

「……あまり遠くには行かないように」

「はーい！」

ブラン団長に元気よく答えて薬草を採取していく。ジメ草《そう》もあったけど、あれは掘るのに時間がかかるから今回はパス！　私はみんなの周りを邪魔にならない程度にウロチョロと動き回っていた。

そろそろ魔物ゾーンに入る。薬草はお預けだ。大人しくブラン団長に並んだ。

「この先に魔物がいっぱいいるよ」

私の発言に顔を見合わせ、みんな一斉に武器を構えた。すんなりと信じてくれたことに驚きだよ。

手前にいたのは前に見たより大きなポイズンスライム。弓を出してみんなの死角にいるスライムを射っていく。援護をしつつ、核の回収も忘れない。みんな強くて、歩くスピードを落とさずに湖に到着できた。

「これは……一筋縄ではいかなそうですね。毒に気を付けてくださいね」

「ヒョッ」

フレディ副隊長の言葉に顔が引き攣《つ》るところだった。まっすぐ私を見て後半のセリフを言うんだもん。眼力ハンパない。他のメンバーのことも心配してあげて！　私は毒大丈夫だから！

湖の周りは少し開けている。そこを大量のスライムが蠢《うごめ》いていて、他のメンツがいるとはいえ、弓じゃ処理が追いつかない。ブラン団長達もフィズィさん達も数が数なだけに大変そうだ。面倒なので弓をしまって、問題のスライムを結界の中に閉じ込めて水魔法で蒸発させてみる。思惑は成功して結界内のスライムは核を残して消えた。

「やった！　成功だ！」

「……なんだその魔法は……」

「セナさんすごい！」

「そんな大がかりな魔法を使って大丈夫ですか⁉」

ブラン団長達に三者三様の反応をされる。【酒好き】の人達はポカーンと口を開けていた。蒸発させただけだから大がかりでもなんでもないし、魔力は余裕だ。

「大丈夫！　みんな武器を振り回すと疲れちゃうでしょ？　この周りのスライムだけでも倒しちゃうね」

困惑しているみんなをよそに、近いスライムからまとめて蒸発させていく。核を拾い集めるのも面倒なのでバレないように風魔法でまとめておいた。近くのスライムを蒸発させ終わり、ブラン団長に核をどうするのか聞くと放置するそう。本当なら回収したいところだけど、多すぎて時間がかかるからってことだった。それなら拾っちゃおうと、みんなに待っていてもらい、倒したスライムの核をダッシュで無限収納《インベントリ》にしまっていく。拾い終わった私がみんなのとこに戻るとまた驚かれた。

「セナちゃんってすごいのねぇ……」

どこを見てそう思ったのか、狐族の妖艶《ようえん》美女フクスさんにしみじみ言われてしまった。パーティメンバーの三人もコクコクと頷いている。

「え？　フクスさん達の方がすごいよ。あんなにいっぱいいたのにすぐ湖に到着したもん！」

「サブマスが心配していたことが理解できたわぁ」

ニッコリと【酒好き】の人達に笑いかけたのに、再度しみじみとフクスさんに言われた。しかも他の三人までまた頷いている。ジョバンニさんが私を心配して何かを伝えてたみたい。だから優しいのかと合点《がてん》がいった。その伝えていた内容が悪いことじゃないといいんだけど。

周りのスライムをあらかた倒したので、ここでお昼ご飯にするらしい。私はお弁当で、クラオル達はモモジャムパン。他の人は黒パンと干し肉を食べていた。お弁当はいつも通り食べ切れなかったので、ブラン団長達に残りを食べてもらった。だってさ、騎士団で食べていた量より明らかに少ないんだもん。おそらく、フィズィさん達も少ないんだろうけど、私の食べ残しは嫌かなって。パブロさんいわく、夜に食べるから大丈夫なんだそう。食い溜めってやつですか？

食後は先ほどより数の減ったスライムを倒しながら森の奥に向かう。私は途中からみんなが倒したスライムの核の回収係になっていた。湖から離れるとポイズンスライムはだんだんと数を減らしていき、現れなくなった。湖周辺にだけ生息しているみたい。

スライムエリアを越えるとあまり魔物に遭遇しなくなった。私がマップと気配を探った感覚ではちょこちょこといるのはわかる。大量とかじゃないので、離れているならわざわざ報告する必要もないでしょう。気配を探りながら歩いていると、また薬草を発見。みんなの邪魔にならない程度に採取していく。

オーク三匹と遭遇したとき、すぐにお気に入りのトロトロ水魔法をオークの顔面にお見舞いして溺死させるとみんなに驚かれた。

「叫んだり、血が散乱したりしないから便利だよ？」

「……それができるのはセナくらいだ」

なんて疲れた様子のブラン団長に言われた。フクスさん達は「完全無詠唱……」とブツブツ呟いている。

そういえば無詠唱ってあんまりいないんだっけ？　失敗したかも。

「……なるべく俺達にも倒させてくれ。いる意味がない気がする」

ブラン団長の発言にフレディ副隊長達や【酒好き】のパーティの人達も頷いている。

「強さをチェックしたいんです。弱体化していたり、逆に強化していたりと、わかりやすい異変があるかもしれませんので」

「なるほど。倒すだけじゃダメなんだね。お仕事の邪魔してごめんなさい」

フレディ副隊長の説明に頭を下げる。

「…………説明してなかったこちらの落ち度だ。このオークのことは気にしなくていい。これ、しまえるか？」

「大丈夫だよ」

ちょっとした間があったのは言葉を選んでいたのかもしれない。ブラン団長に言われ、オークを無限収納《インベントリ》に入れると満足そうに頷かれた。

再出発して歩いていると、今度は大きな猪二頭に遭遇した。ビッグボアってやつだ。

（ボア肉の元はこれかぁ……本で読んだけど生で見たのは初めてだわ）

サポートに回ることにした私は後ろから見守る。どうも突進が厄介みたいなので、許可を取り、クラオルとグレウスに頼んで草魔法と土魔法で転ばせる。勢いをなくしたボアにみんなが一斉に切りかかり、戦闘が終わるまでさほど時間はかからなかった。

これは解体して今日の夜ご飯にするらしい。解体はみんなが率先してやってくれたので、グロさに目を背けていた私は魔物が血の臭《にお》いに寄ってこないよう、血を蒸発させて【クリーン】をかけただけ。意外にもフクスさんが活躍していて、鉤爪《かぎづめ》を真っ赤に染め、ニンマリと笑っている姿に軽く恐怖を覚えた。ブロック肉化したものから、皮や牙など、全部マルッとパブロさんが回収した。

（マジックバッグ持ってたのかーい！）

再び歩いているうちに日が陰ってきたので今日は野宿。枯れ枝を集めて焚き火にする。ちょうどいいので、廃教会で回収した布製品を小さく切って火に投げ入れた。私は子供だから見張りは免除してくれるらしい。優しいね！　でも念のために結界を広めに張っちゃうんだけどね！

フィズィさん達とフレディ副隊長とパブロさんの六人がかりで作っていた塩スープとボアの串焼きができ上がったところで夜ご飯になった。塩スープには拳大のぶつ切りボア肉。野菜はおろか、他の食材は何も入っておらず、塩味のお湯で茹でただけの一品だ。串焼きは一見美味しそうであるものの、肉片が大きすぎて、おそらく中まで火が通っていない。私の分も作ってくれていたけど、見ていた限りでは下味も何も付けていなかった。なのでご飯を持っているからと遠慮申し上げる。冒険者の顎の強靭《きょうじん》さはヤーさん達で知っていた。でもおなかまで強いとは……

（無理無理！　私はあんなの食べられない！）

みんなは塩スープとボアの串焼きと黒パンと干し肉、私は今までのお弁当の残りと白パン、クラオル達はイチゴジャムパンだ。クラオル達が食べているイチゴジャムパンをパブロさんが羨《うらや》ましそうに見ていて、クスリと笑ってしまった。

食べ終わった私はお休みタイム。結界を張ったから魔物に襲われる心配もない。木の根元で毛布にくるまり、クラオルとグレウスを抱きしめて眠りについた。

◇◆◇

クラオルに起こされなくても夜明け前にパッと目が覚めた。何故か近くでブラン団長達が寝ていらっしゃった。あのモヤモヤ一エリアの人達のことがあるからか、他の人がいる状況だとあまり深く眠れなかったみたいで少し眠い。危機に反応が遅れたら困るので、コソコソと動き、ちょっと離れた場所でバレないようにチートなリンゴをクラオル達と精霊二人で分けて食べた。

うん。疲れが取れたし眠気もない！

みんなのところに戻ると、最後の見張りは熊族のブルインさんとクォーターエルフのエルフェルンさんだったらしい。

「おはようございます」

「「おはよう」」

「早いな。まだ夜明け前だぜ」

「目が覚めちゃった」

まだみんなは起きそうにないので、近くで採取してくると伝えてから採取に行く。

食べ物と【サーチ】して、近くに生えている薬草やハーブにキノコを採取していると夜が明けてきた。そこそこの量を採取してから戻る。

あんなに不味そうなスープは可哀想なので、今採取してきたものでスープを作ろう。簡単キノコの塩スープだ。材料をカット。出しっぱなしだった寸胴鍋に【クリーン】をかけてキレイにする。

その寸胴鍋でキノコを塩コショウとハーブで炒めていく。匂いに釣られたのか、みんな徐々に起き始めた。キノコを炒めたら、水魔法で水を出して、干し肉を細かくちぎって投入。塩コショウで味を調《ととの》えて煮る。パブロさんが起きたのでボア肉を出してもらい、ひと口サイズに切った後、ボウルで塩コショウとハーブと一緒に揉み込んで下味を付けた。それを串に刺して焚き火の周りに立てていく。出来上がるころには全員焚き火を囲って待っていて、目はお肉に釘付けだった。

「できたよ～」

声をかけた途端、全員バッとコチラを向いたことにビックリした。【酒好き】のメンバーは目が爛々《らんらん》と輝いていて少し怖いくらい。

今回は自分で作ったし、ちゃんと味の確認もしたから私もいただきます。

うーん……バターを入れたらもっとコクが出たかも。

みんなは無言でガツガツと食べていた。

「……これはセナが持っていた食材か？」

ブラン団長がまじまじとスープを見ながら聞いてきた。

「塩コショウと干し肉以外はさっき採取したやつだよ」

「「！」」

朝挨拶したブルインさんとエルフェルンさんが目を丸くして私を凝視している。

（そんなに驚く？）

「……朝も採取したのか？」

「うん。ちゃんとみんなから離れないように気を付けてたし、見張りをしてくれてたブルインさんとエルフェルンさんに言ってから採取しに行ったよ」

「……そうか。野営の食事は期待できなかったんだが、こんな美味い食事が出るとは……」

「野営先で採取すればいいと思うよ。現地調達。これに入ってるの、森によく生えてるやつばっかだもん」

「……そうなのか？　パンもそうだが、料理が上手いんだな。夜も頼めるか？」

「ん？　ご飯作り？　いいよ～」

食べ終わったらパパッと片付けて出発。道中では「スープに入っていたキノコはなんだ？」とか「なんでボウルで混ぜていたのか」とか、いろいろと聞かれたので順番に説明することになった。

ヤーさん達とスライム討伐をしに来たときに感じた気配は何故かしない。

（どっか行ったのかな？）

「あんまり魔物いないね～」

「油断しちゃダメだよ？」

ウロチョロと採取しながら誰にともなく呟くと、パブロさんが反応してくれた。

「でも魔物の気配あんまりしないよ？　あ、この先には何かいるけど、こないだ感じた強い気配じゃないし」

パブロさん、暗殺者《アサシン》なら気配察知得意じゃないの？

不思議に思っていると、クラオルから念話が届いた。

『((みんな主様みたいに範囲が広くないのよ。彼もちゃんと気配察知してるわ))』

「((そうなんだ。気を張ってるのはわかってたけど、みんな範囲が狭いんだね))」

『((主様のレベルが高すぎなのよ！　彼は普通の人よりは強いと思うわ))』

「((そうなの？　みんな同じくらいかと思ってたよ))」

そういえばジュードさんも私よりは範囲が狭かったね。普通はどれくらいなんだろ？

「距離や強さまでわかるのですか？」

「んとね、なんとなく強そうとかはわかるの。もうすぐ何かが二匹走ってくるよ」

フレディ副隊長に返しつつ、みんなにお知らせする。

私の発言でみんなは武器を構えた。迎え撃つ気満々だ。

「本当に来た……」

パブロさんが呟いた数分後、ウルフが二匹、目の前に飛び出してきた。マッドウルフだ。騎士団と【酒好き】パーティが一匹ずつ倒してくれた。それを見ていた私は魔物にどこか違和感があった。

(なんだろう？　焦ってた？)

「何か変だね」

パブロさんも何かを感じたらしい。【酒好き】のパーティは揃って首を傾げている。

「……変って何がだ？」

「わからない。でも警戒した方がよさそうだよ」

「……そうか。全員、警戒を怠《おこた》らないようにしてくれ」

ブラン団長が言うと【酒好き】パーティも顔を引き締めて頷いた。

みんなが警戒心を強めている中、私はクラオルとグレウスに念話で質問を投げかける。

「((ねぇねぇ。クラオルとグレウスはどう思う？　私には焦ってるように見えたんだけど))」

『((そうね。私にもそう見えたわ。でもなんでかって理由まではわからないわね))』

『((ボクもわからないですけど、何かから逃げてきたのかもしれません))』

「((逃げてきたか……この先にボスがいるかもしれないってことだね。特に気配は感じないんだけど))」

『((気配を消すのに長《た》けているのかもしれないわ。隠密とかね))』

「((なるほど。クラオルとグレウスも気を付けてね。離れないで))」

『((わかったわ))』

『((はい！))』

察知できない魔物だと厄介だ。クラオル達にも周りをよく見ておいてほしいと頼んだ。

お昼の休憩は簡単なものってことでみんなは黒パンと干し肉、私はお弁当の残り、クラオル達はクリームパンだ。またもパブロさんがクラオル達を羨《うらや》ましそうに見ていた。食べるか聞いてみたら、フィズィさん達もいるから我慢するんだって。

《((先ほど警戒していたが、この森には魔に堕ちた者がおるぞ))》

「ぶっ！　……ゴホッゴホッ」

いきなり青精霊のエルミスから念話が聞こえ、驚きすぎてむせた。

「大丈夫ですか？」

フレディ副隊長が背中をさすってくれる。

「ゴホッゴホッ……ふぅ。大丈夫。ありがとう」

咳が落ち着いてからフレディ副隊長にお礼を伝える。

「((ビックリしたじゃん！　念話できたの？))」

《((これくらいできるぞ！　それに契約したからな))》

「((なるほど。納得。で、魔に堕ちた者って何？))」

《((魔に堕ちた者は魔物や魔獣より厄介だ。理性がない。配下を増やし、破壊と殺戮《さつりく》を繰り返すのみ))》

「((何それ!?　そんな物騒なのがこの森にいるの!?))」

《((うむ。魔の気配がする。ただ儂《わし》らにもどこにいるかなどはわからない。おそらく主《あるじ》が言っていた強いやつはこの魔に落ちた者に殺《や》られたのだろう))》

「((なるほど。より一層警戒しないとだね))」

ちゃんと姿を消したまま念話してくれたエルミスにご褒美として、水魔法の魔力の水……面倒だから魔力水でいいか。魔力水をみんなにバレないようにコップに入れて飲ませてあげた。

食べ終わったら再び出発。警戒しながら歩き、魔物が近くなったらお知らせする。遭遇したのは今のところ、オークとフォレストウルフとビッグボア。フォレストウルフはマッドウルフと同じく焦っているように見え、ビッグボアは手負いだった。やっぱり森の奥で何かが起きているみたい。

「……この先に大きめの広場がある。そこで他の隊と集合の予定だ」

その後は特に魔物とは遭遇しないままブラン団長が言っていた広場に出た。まだ他のエリアの人達は着いていないみたいで誰もいなかった。ここで泊まって他の人達を待つらしい。

みんなが野営の準備をしている間に食材調達に行きたい。採取してくることを告げ、【サーチ】を頼りに歩き出した。

下を向いて採取していると、突如として目の前に何か降ってきた。驚いた勢いで私は尻もちをついてしまった。

「うおっ⁉　ビックリした……え？　何これ？」

よく見てみると、可愛らしくデフォルメされた、両手より少し大きいくらいの茶色の蜘蛛だった。

「蜘蛛？　虫はダメで、もちろん蜘蛛もダメだけどぬいぐるみみたいで可愛い……ん？」

ピクピクしていて何かがおかしいと観察したところ、ケガをして足があらぬ方向に折れ曲がっていた。

「治してあげるから人間を襲ったりしちゃダメだよ？」

蜘蛛にそう告げてから【ヒール】をかけてあげる。ポワァッと淡く光ると動き出した。治ったみたい。

「さっき言った通り人間を襲ったりしちゃダメだよ？」

再度忠告してから放してあげ、自分は食材探しを再開する。採取していると何故か蜘蛛が戻ってきた。ネギ草《そう》を蜘蛛の糸でまとめて。

「これ、くれるの？」

蜘蛛に聞くと人間みたいにペコペコと頷いて、〝お受け取りください〟と言わんばかりにネギ草《そう》を渡してきた。

「ありがとう！　食材を探してたから助かるよ」

ニコニコしながら撫でてあげると照れたのかモジモジしている。

『主様。多分従魔になりたがってるわ』

「へ？　従魔？」

クラオルの予想外の発言にビックリ。蜘蛛を見てみるとブンブンと頭を上下に振っている。

「キミは私の従魔になりたいの？」

手で持ち上げて再度確認したところ、またブンブンと頷いた。

「うーん……虫は苦手なんだよなぁ……」

私が呟くとショックを受けたのかヘナヘナッと力を抜いた後、何かを思い付いたのかピシッとして土下座ポーズになった。

「……もしかしてそれ土下座？　すごい器用だね……うーん。じゃあ構わないけど、私の家族と仲よくしなきゃダメだよ？　あと勝手に行動するのもダメね」

注意事項を告げるとまたブンブンと頷く。そんなに従魔ってなりたいもんなの？

「うーん……名前どうしようかな……頭のところに星みたいなマークがあるから、ポラルってどう？」

提案した瞬間、契約の光が蜘蛛を包む。一瞬なんだけど毎度眩しい。

（ん？　さっきと何かが違う？）

なんだろうと首を傾げてから気付く。さっきまで茶色だったのに黒々とした色に変わっていた。

〔ゴシュジ……サ……ヨロシ……オネ……イシマ……〕

「え？　キミ喋れるの？」

〔ハイ……スコ……ダケ。アッチ……イル……キケ……〕

途切れる言葉を想像する。〝はい少しだけ。あっちにいるの危険〟って言いたいのかな？

あっちってどっち？　と、ポラルが示した方向を見てみると、なんとブラン団長達がいる方！

「ポラル、ごめん！　みんなへの説明が面倒だからとりあえず影に入ってて！」

ポラルに言ってから急いでみんなのところまで走る。私が戻った瞬間、ドォン！　と三メートル以上はありそうな大きな蜘蛛が現れた。気配はなかったのに！　クラオルが言っていたように気配を消していたみたい。見た目がすごく気持ち悪い。黒いボディに黄色とピンクのシマウマ模様。八つある目は真っ赤である。どこをどう見ても気持ち悪いよ！

「「「「「！」」」」」

さすがに戦闘慣れしているみんなはザザッと距離を取った。

「マザーデススパイダーじゃねぇかっ！」

誰かが叫んだ。あの声は多分熊族のブルインさんだ。

デカ蜘蛛は紫の息を吐きながら、お尻をフリフリして蜘蛛の糸で攻撃してきた。

「セナさんっ！」

パブロさんが私を抱えて後ろへジャンプ。さすが暗殺者《アサシン》！　素早い反応！

「大丈夫!?」

「うん！　ありがとう！」

心配してくれるのは嬉しいんだけど、私には毒が効かないんだ。手間をかけてごめんね。

「安全な場所にいてね！」

そう言うが早いか、パブロさんは戦闘に戻っていった。

（さてどうしようかな……）

紫の息はポイズンスライムと同じく毒の息だろう。蜘蛛の前足を使った薙《な》ぎ払いや突き刺しと、お尻フリフリからの蜘蛛の糸で上手く攻撃できないらしい。ブラン団長やフレディ副隊長が剣で斬りつけた後にパブロさんが追撃をしているものの、攻撃を避けながらだからか、なかなか傷付けられないみたい。フィズィさんとブルインさんも協力して攻撃していて、フクスさんとエルフェルンさんが魔法を使っているんだけど……詠唱が長くて焦《じ》れったい。魔法も効いているようには見えない。しかも毒の息で詠唱のスピードがだんだんと落ちてきている。

「っキャア！」

エルフェルンさんの足に蜘蛛の糸が絡まり、持ち上げられてしまった。

（まずい！）

短剣を握りしめ、ダッシュで近付き、思い切りジャンプ。エルフェルンさんの足に絡み付いた糸を切る。空中でエルフェルンさんを支え、風魔法で落下速度を落としてゆっくりと地面に下りた。

デカ蜘蛛はエルフェルンさんを逃がした私を標的に決めたらしい。こちらを注視する目が怪しく光っている。

（そっちがその気なら応戦するよ）

毒の息は風魔法で飛ばし、ブラン団長達と【酒好き】パーティの人達に結界を張る。蜘蛛の糸は短剣で切り刻み、薙《な》ぎ払いや突き刺し攻撃は避ける。合間にウィンドカッターやウォーターボールで攻撃してみたけど効いてなさそう。

（魔法より物理の方がいいのかも！）

「クラオル、グレウス！　しっかり掴まっててね！」

声をかけ、クラオルとグレウスには体を覆《おお》うように結界を張っておく。短剣を左手に持ち替えて、右手にはイグ姐《ねぇ》が作ってくれた刀を構える。数秒の睨み合いの後、身体強化をして刀に風魔法を纏わせて切り込んだ。スパッと切れた手応えを感じて、バックステップで距離を取る。

（足一本だけか……）

――キシャアアアアアアアア！

蜘蛛が雄叫《おたけ》びを上げると、一メートルほどの蜘蛛が六匹、デカ蜘蛛の前にドドドドンと降ってきた。

（マジかよ！　子供!?　子分!?　どっから来た!?）

子供蜘蛛達も蜘蛛の糸で攻撃してくるのを短剣と刀で切り刻んで対処する。スキルのおかげなのか、今のところ体が勝手に反応しているのがありがたい。

チラリと確認すると、ブラン団長達や【酒好き】パーティの結界は糸攻撃をちゃんと弾いている。

結界はこのままで大丈夫そうだね。

とりあえず子供蜘蛛が邪魔なので、一気に近付き、刀を一閃させ真っ二つにしてやった。

――ギャシャアアアアアア！

子供蜘蛛を始末するとさらに怒り、ただでさえ赤かった目をギラギラと光らせた。デカ蜘蛛が毒の息を大玉転がしの玉のような塊にして撃ってくるのを風魔法で吹き飛ばしていく。

――ギャシャアアアアアアア！

――シャアアア！　シャアアアアア！

何回も繰り返しているとブルブルと全身を震わせ始めた。また毒の息かと思ったら、自分の周りからシューシューと音がしていることに気が付いた。肌もピリピリしている。

『主様!?　大丈夫!?』

クラオルの声で確認すると……なんと服が溶けていた。

「のあぁぁぁぁ!!　酸!?」

――シャアシャアシャア!

デカ蜘蛛の鳴き声が笑い声に聞こえてくる。もう頭にきた!　クラオルとグレウスには結界を張ってたからいいものの!　ケガしたらどうするんだ!

怒りに同調して私の魔力が膨れ上がる。髪がなびき、風が吹き荒れ、パチパチと静電気のような音が鳴っている。

「酸なんか吐きやがって……クラオル達の大事なモフモフが傷んだらどうしてくれるわけ?　服もブラン団長達がせっかくくれたのに」

氷魔法で薄い円盤を作り風魔法で高速回転させて、雷を纏わせる。イメージは〝電動丸ノコ〟。真っ二つになってしまえ。

「いっけぇぇ!」

ブーメランのように投げつける。

――ドォーーン!!

デカ蜘蛛は糸と酸で応戦しようとしていたものの、呆気なく弾かれてスパンッと一刀両断された。丸ノコが地面にぶつかったせいでグラグラと揺れる。蜘蛛はピクピクと動いていたけれど、それも止まった。

「はぁ……はぁ……」

怒ったせいか、戦闘が終わった途端に疲労が一気に押し寄せてきて座り込む。

『主様、大丈夫!?』

「大丈夫だよ。クラオルとグレウスは大丈夫？」

『主様が張ってくれた結界のおかげで大丈夫よ』

「ならよかった……」

『よくないわよっ！　また無茶して！』

クラオルはペシペシと私の頬を叩きながら抗議してきた。グレウスは『ご無事でよかったですぅぅ』と首にしがみついて泣いていらっしゃる。

「ごめん、ごめん」

『心がこもってないわ！』

とりあえず武器をしまってから、みんなの結界を解除。酸まみれの自分に【クリーン】をかけてアクエスパパの服に着替えた。

みんなはしばらく呆然としていたけど、着替えが終わるころには復活して質問攻め。いっぺんに言われてサッパリ理解できなかった。唯一わかったのが「あの魔法はなんなの!?」というセリフ。おそらくフクスさんだ。申し訳ないが、興奮状態で目をカッ開き、大声で質問しながらにじり寄ってこられて怖い。

「ごめん。一気に聞かれてもわからない」

私が苦笑いしつつ言うと、みんなハッと我に返った。

「ふぅ……悪い、興奮しちまった。そうだな……俺達は何も聞かないでおく。冒険者はスキルなどを秘密にすることが多いからな。今回はキミのおかげで助かった。俺達だけでは勝てたかどうかもわからん。勝てても確実に誰かがケガをしていたと思う。キミの能力を利用しようとするやつも出てくるだろうから、俺達【酒好き】は言いふらしたりはしないと約束する」

リーダーであるフィズィさんが真面目に言い、パーティメンバーの三人も頷いてくれた。

「ありがとう。それはとっても助かる。目立つのは遠慮したいからね」

「助けてくれてありがとう！」

エルフェルンさんが私の手を取る。ほのかに顔を赤く染め、熱っぽく見つめてくる姿はまるで恋する乙女だ。

「ケガは？　足、変な方向に曲げられかけてたよね？」

「大丈夫。毒も解毒したから問題ないわ」

「それならよかった」

エルフェルンさんは再び私の手を両手で包み、感謝の言葉を述べた。

「しっかし、このマザーデススパイダーでけぇな！」

ブルインさんがデカ蜘蛛に近付き、見上げながら言うと【酒好き】のパーティメンバーもデカ蜘蛛の近くに移動していく。【酒好き】のみんなが離れていくとフレディ副隊長が寄ってきた。

「セナさん、おケガはありませんか？」

「大丈夫だよ。勝手なことしてごめんね」

「それは大丈夫だけど……セナさん、あんなに魔法使って大丈夫なの？」

「うん。でもちょっと疲れちゃったかな」

「……セナ。助かった」

「どういたしまして」

いつの間にかパブロさんとブラン団長も近くにいた。ブラン団長達は何故かさっきまでの勢いがない。

(どうかしたのかな？　魔法を使いまくったから引かれたのかな？)

「……セナ。マザーデススパイダーを回収してくれ」

「いいけど、パブロさんもマジックバッグ持ってるんじゃないの？」

「……セナが倒した。セナのものだ」

「へ？　みんなも戦ってたでしょ？」

「これは俺達は受け取れない。騎士団が回収するのなら止めはしないが、俺達は守ってもらった側だからな。キミのものだと思うよ」

フィズィさんの発言に【酒好き】メンバーは揃って頷いている。

「……そういうことだ」

「えぇ……目立ちそう……」

「……サブマスに言って内密に処理するように頼んでおく」

んまぁ、それなら大丈夫かな？

「うーん。わかった」

トコトコとデカ蜘蛛と子供蜘蛛に近付いて、まとめて無限収納《インベントリ》に入れていく。疲れているのか少し熱っぽい。油断するとフラフラしちゃいそうだ。蜘蛛を回収した後はその場に【クリーン】をかけてキレイにする。

蜘蛛の後ろ側に、巨大なクレーターができていた。丸ノコがぶつかった跡みたい。これはグレウスに頼んで埋めてもらった。証拠隠滅である。

森の落ち着かない雰囲気も元通り。おそらくデカ蜘蛛のせいだったんだろう。

一段落したのでこれから野営だ。ブルインさんとフクスさんが焚き火を起こしているので、私はテーブルを出し、その上に蜘蛛と戦う前に採取していたものを出していく。みんな興味津々みたいで、私の周りに集まってきた。食材の説明をしながらカット。パブロさんにボア肉を多めに出してもらい、一口サイズに。ボウルで切った肉に下味をつける。寸胴鍋で昨日と同じように炒めてから水を入れて煮る。今日はコンソメ味だ。理由は私が塩味以外がよかったから。残しておいた肉は串に刺して焚き火の周りに立てた。

ふぅ。あとは煮えるのと焼けるのを待つだけだ。熱っぽさが変わらなくて、みんなに鍋と串焼きを見ていてもらい、少し離れてチートなリンゴを食べる。いつもならすぐに効果が出るのに熱っぽさは変わらない。何故？

クラオルもわからないとのことでガイ兄《にい》に聞いてくれることになった。とりあえずリンゴは食べたので、みんなのところに戻る。お鍋の味見をして、最後に少量のバターを落としたら完成だ。

スープと串焼きは大好評だった。ブルインさんなんて、「スープが美味いとパンが進むよなぁ」

なんて言って、黒パンを十本以上食べてたよ。

今日も見張りは免除してくれるらしいので、食べ終わった私は早々に毛布にくるまった。寝て治ることを祈ろう。

◇
◆
◇

今日も早く目が覚めた。まだ夜明け前。寝たのに熱っぽいままだ。とりあえず動けなくはないので、朝の日課をこなす。見張りをしてくれているブルインさんとエルフェルンさんに採取してくると伝えて、みんなから離れた。

『主様大丈夫？』

「まだ動けるから大丈夫だよ。ちゃっちゃと帰りたいけどね。ヒドくならないことを願うしかないかな？　ここで倒れでもしたら、旅に出るのを止められそうだし、気付かれないようにしないと」

『そうね。ありえそうだわ……でも無理しないでちょうだいね』

「うん。ありがとう」

クラオルと、心配だと首にしがみついているグレウスを撫でて採取を始める。

『あ！　主《あるじ》！　あれ主《あるじ》が前に言ってたゴボの木です！』

「え!?　ゴボウ!?」

グレウスが指差した木に向かうと、大根みたいな太さの二メートルほどの黒い木が三本生えていた。

「これがゴボウ？」

半信半疑のまま、風魔法で枝を小さく切り落とし、洗ってからかじってみる。

「うげぇっ！　めっちゃエグい！　ガルドさん達、これを非常食って言ってなかった？　アク抜きしなきゃ食べられないよ」

『だから非常食なのよ』

なるほど……質より量だからか。口直しに果実水を飲みつつ思案する。

（焼いたりしたらまた変わるのかもしれないけど、これを非常食と呼ぶのはちょっと……このままだと好んで食べたいとは思わないぞ……）

「ただ、味はゴボウだね。アク抜きが上手くいったら食べれられるかなぁ……一応切り倒そう」

風魔法で切り倒したものをクラオルの蔓《つる》でぶっ倒れないように支えてもらう。三本全部回収だ。

魔法を使ったからか、またフラッと眩暈《めまい》がした。倒れないように気をつけなきゃ。

「グレウスありがとうね。採取の続きしよう」

キノコとハーブをそこそこの量採取して、みんなのところへ戻る。今日は作る前からフレディ副隊長とフィズィさん以外のメンバーが起きていた。この二人はブルインさん達の前に見張りだったそう。それならギリギリまで寝かせてあげたい。

昨日の朝ご飯と同じように作っていく。途中、フレディ副隊長とフィズィさんが起きてきた。寝かせてあげるつもりだったのに、結局匂いに釣られたらしい。

出来上がったらみんなでいただきます。

「……おそらく、この森の異変は昨日のマザーデススパイダーが原因だと思うが、合流して会議をしてからじゃなければわからない。合流まではゆっくりしてくれ」

当初の予定通り、このまま他のパーティを待つんだって。他のグループが遅いから私達は最短ルートを通ったのか聞いてみると、ただ単に私達が順調だっただけだった。魔物との戦闘数や難易度で差が出るのは致し方ないそう。

体調が万全ではない私は休ませてもらう。木の根元に座ってクラオル達とドライフルーツをつまみながらモフモフして件《くだん》の人物達を待つ。自分達もこれからは野営でスープを作りたいと、フィズィさん達が食材を採取してきては私に確認しに来るので、食べられるものと食べられないものを教えてあげる。本の知識が大活躍。読んでてよかった。

一パーティずつ順々に集まり、お昼前には全エリア揃った。各エリアの騎士団が集まり会議。その間、あのモヤモヤパーティからの視線を感じた。今のところ近付いてきたりはしないので、クラオル達に手を出そうとしたら応戦しようと放置である。会議が終わったブラン団長達が戻ってきた。お昼ご飯を食べたら街に帰ることになったみたい。

別グループは黒パンと干し肉で済ませるようだけど、私達は野営していたので焚き火や簡易竈《かまど》がそのまま。フィズィさん達に頼まれてまたスープを作ることになった。材料は休憩中にフィズィさん達が採ってきた食材だ。朝と同じく作っていく。食べるころになると他のエリアの人達からの視線が痛い！

「すごい視線を感じるね……」

「ハハッ！　多分匂いだろうな！　自分達の野営飯と違うからだろ。オレ達は美味い飯が食えてラッキーだが」

ブルインさんが笑う。ほのかに自慢げなのは気のせいだろうか？

（なるほど。みんな野営のときはあの塩味お湯スープなのか……）

食べ終わり次第、パパッと片付けたら出発だ。熱っぽいのは変わらないので薬草採取は諦めてテクテク歩く。抱っこされると眠っちゃいそうだから、断った。あんまり戦闘にならないといいなぁと思っていたら、遭遇したのはマッドウルフ三頭だけ。私の出る幕はなく、「頑張って〜」と声をかけるばかりだった。

日が陰り始めたので野営の準備。フィズィさん達にも手伝ってもらって食材を集め、スープと串焼きを作った。お鍋と串焼きを見ていてもらっている間に、バレないようにチートなリンゴを食べる。やはり熱っぽさは変わらない。なんでだろう？　と首を捻《ひね》ったところでわからないし、ガイ兄《にい》から返事も来ていない。まだ調べているんだろうってのがクラオル談。みんながおかわりに走る中、一足先に食べ終わった私は、早々に眠りについた。

◇
◆
◇

今日も今日とて夜明け前に目が覚めた。変わらず熱っぽいままだけど、まだ動けるから大丈夫だろう。もそもそと起き上がり日課を済ませる。

見張りをしてくれているブルインさんとエルフェルンさんに採取してくると伝え、採取に向かった。今日もキノコとハーブ、ついでに薬草をそこそこ採取してから戻りスープを作り始めようとすると、エルフェルンさんも手伝ってくれることに。私が教えた食材は大体覚えたから、スープの作り方を教えてほしいんだって。

エルフェルンさんは不器用なのか手付きが覚束《おぼつか》ない。見かねたブルインさんが口を出し、起きてきたフクスさんとフィズィさんも巻き込んで、やいのやいのと盛り上がった。

食べたら出発。私が森で食材確保できると教えたせいか、フクスさんとエルフェルンさん女性二人は食材採取をするのにウロチョロ。フィズィさんとブルインさんの男性二人は苦笑いしながら「遅れるなよ」と声をかけていた。「今採っておけば夜が楽でしょ！」と二人はパタパタと採取に走っている。手伝おうとしたら、私は朝採取したから食べられるかのチェックだけでいいと言われたのでお任せする。ただ、魔物が来たらすぐに教えてと言われたので了承した。

特に魔物も現れず。何事もなくお昼ご飯も簡単に済ませ、森の入口に向かって歩く。普通の魔物には遭遇しなかったけど、湖が近付いてくるとスライムがいっぱい。来るときあんなに倒したのにもう増えていた。みんなに「任せろ！」と言われたので戦闘はお任せして核回収係に徹した。ここのところ戦闘がなかったからか、張り切っているみんなは無双状態だ。

【酒飲み】のパーティは相手があの蜘蛛だったから魔法とか焦《じ》れったかったけど、強い。ちゃんと見てみるとわかる。そしてフクスさんもエルフェルンさんも魔法だけじゃなく、物理もいけるらしい。鉤爪《かぎづめ》で攻撃しているフクスさんのキツネの尻尾が楽しそうに揺れていた。

（まさか……まさかだよね？　何も気付いていないことにしよう。魔法を使っているより、物理で倒してる方がものすごく楽しそうだなんて……私は見ていない）

騎士団の三人は、主にパブロさんがスライムが毒息を出す前に素早く倒していた。宿舎にいるときのお迎えは走ってる音がわかったけど、今は音がしない。お仕事モードだろうか。

スライムに時間がかかったせいで、湖に着くころにはもう夕暮れ近かった。今日はここで一泊するんだって。

夜ご飯のスープをエルフェルンさんと作っていると、他のエリアパーティも一組、湖に到着した。あのモヤモヤパーティだ。彼らもここで一泊するらしい。

（離れているから大丈夫だと思うけど、警戒しておかなくちゃ。私からクラオル達を奪うつもりなら容赦しないんだから）

夜ご飯をおいしくいただき、私はみんなにバレないように広めに結界を張った。あのモヤモヤパーティが近付けないように。怪しい人物が近くにいるとなるとクラオル達を抱きしめる腕に力が入る。クラオルとグレウスも私の不安が伝わるのか、いつもよりくっ付いてくる。何事もないことを祈りながらも、熱っぽさによりスコンと眠りに落ちた。

明け方前……まだうす暗い時刻に、やたらと強い気配を感じてバッと飛び起きた。

(なんだ⁉)

結界を確認しても異常はない。ブラン団長達や【酒好き】パーティも何かを感じたのか、起きて警戒し始めた。

――バサッバサッ……

(鳥の羽ばたきの音みたい)

音を拾った私は目を凝《こ》らして空を見上げる。すると何か大きなモノが湖の上を飛翔していた。

デカい、鳥……じゃないな……あれは……

(ドラゴン⁉)

注目を集める中、ドラゴンはゆっくりと降下し始めた。大きな羽でバッサバッサと羽ばたくせいで、地上では辺り一帯、ひどい大風が吹き荒れる。風圧で飛ばされないよう、私はクラオルとグレウスを抱きしめ、身体強化を駆使して踏ん張っていた。問題のドラゴンは私達に近い、湖のほとりに着地。何本か木を潰したけど、それを気にする素振りはない。

「「「「「「ドラゴン⁉」」」」」」

みんなから驚きの声が上がった。エルフェルンさんとフィズィさんの声が少し遠くて振り向くと、エルフェルンさんは転がっていて、フィズィさんは木にしがみついていた。二人の髪や服に葉っぱが付いているから、風で飛ばされたっぽい。

離れた場所にいるモヤモヤパーティ達も何か騒いでいる。ただ遠くて何を言ってるのかまではわからなかった。

ドラゴンはとにかくデカい。高さ十メートル以上……十五メートルくらいだろうか。暗くてわかりづらいけど、赤色をしている。

(この状態で戦うのはキツいな……とりあえずみんなが逃げられるように時間を稼がないと)

デカ蜘蛛に苦戦していたみんなが、デカ蜘蛛よりもはるかに強いオーラを放つドラゴンに善戦するのは難しそう。モヤモヤパーティ達が戦闘に加わったところで焼け石に水だろう。私も体調を考えたら遠慮申し上げたい。いや、仮に体調が万全でもキツくない？　逃げ一択じゃない？　でも、みんながすんなり逃げてくれるとは思えないんだよなぁ……たとえあのデカ蜘蛛を倒したのを目の前で見ていたとしても。特に過保護で心配性なブラン団長達！

(街まで追いかけてこられたら大変だし、どうやって食い止めよう……)

とりあえず刀と短剣を出して握り、身体強化で体に魔力を纏わせる。何かしてきたら即座に反応できるようにして、ドラゴンの様子を窺う。ドラゴンから低く響く声が聞こえてきた。空気が震えるほど重いそれは、離れていても聞こえそう。

――戦う気はないからその殺気を抑えろ――

そう言ったドラゴンは両手を上げ、〝降参ポーズ〟をとった。

え？　え……どういうこと？

――そこの小人《こびと》！　お前だな!?――

「小人《こびと》って……私？」

――そうだ！　その気配、一昨日《おととい》感じた魔力と同じ。急いで来たが、一日経ってしまった――

一昨日《おととい》って……もしかして、蜘蛛？

「えっと……私に何か用？　私はドラゴンに知り合いなんていないんだけど」

奥の方にいるモヤモヤパーティだけでなく、ブラン団長やフィズィさん達からも、ものすご～く注目を浴びている。体調も万全じゃないし、面倒だからさっさと用件を話して帰ってほしい。

――一昨日《おととい》、面白い魔力を感知したから見に来たんだ！――

見に来たんだ！　って言われても……緊張感のなさに、一気に気が抜けてしまった。

「見てわかったならお帰りください」

私がジト目を向けて言うと、モヤっと纏わりつく魔力を感じた。

(ん？　鑑定かけられてる？)

――……ふむ。やはり面白い！　我《われ》も連れていけ！――

「ぁあん？」

おっと。まずい、まずい。素で反応しちゃったよ。

「嫌です。お帰りください」

「「「「「え!?」」」」」

普通に返しただけなのに、後ろからみんなの驚いた声が聞こえた。よく考えなくても、このデカさ、目立つし街に入れないじゃん。私は平和に生きたいんですよ。

――何故だ⁉――

「モフモフじゃないし、大きい。目立つ。そんな大きさを連れて歩きたくない。何より面倒に巻き込まれそう。さっさとお帰りください」

近くにいるモヤモヤパーティのこともあるし、真面目に早く帰っていただきたい。私も早く帰りたい。

――むっ⁉　大きさだな⁉　しばし待て――

言うなり、ドラゴンの体がキラキラと光り出した。光が収まると、そこには男性が立っていた。ツンツンヘアーの赤髪で、年齢は十八歳くらいだろうか？　イケメンだ。

(またイケメンかよ……もうイケメンはおなかいっぱいだよ)

〈久しぶりの人化《じんか》だったができたな。これならば問題ないだろう？〉

さっきまでの空気が震える声とは違い、普通の人間みたいな声だった。

「オカエリクダサイ」

〈何故だ⁉　我《われ》は強いぞ！　古代龍《エンシェントドラゴン》だぞ！〉

そういう問題じゃない！　ここ最近なんなの⁉　精霊に蜘蛛に、今度はドラゴン⁉　どうせ仲間になるならモフモフがいいよ！　なんでモフモフは来ないんだよ！　大体、体調不良のときに来るんじゃないよ！　しかもこんな大勢の前だと目立つだろ！　ドラゴンを仲間に～なんて貴族に絡まれそうでしょ！

「なら余計に目立ちそうなんでお帰りください」

〈従魔にしろ！　連れていけ！〉

「なんなの？　なんでそんなに付いてきたいの？」

〈お前なら契約できそうなのと、面白そうだから！〉

その後半のセリフ、青精霊のエルミスにも言われたな……

『人にお願いする態度じゃないわ！』

クラオルから援護が入った。

そうだ、そうだ！　クラオルさん、もっと言って諦めさせて！

〈むっ。そうか……連れていってください〉

ドラゴンは素直に受け取ったのか、頭を下げた。

後ろでは「古代龍《エンシェントドラゴン》が頭を下げた」と騒いでいる。

そこから、私の「帰れ」と、ドラゴンの「頼む」の応酬が始まった。

三十分以上言い合っているのに、ちっとも帰ってくれない。この応酬の間に、空が明るくなってしまった。

（ハァ……この状況がもう面倒くさい。帰ってくれなさそうだから従魔にするしかないか……）

「……わかった。みんなの言うこと聞くこと、勝手に行動しないこと、必要なとき以外はその姿でいること、街で暴れたり他の人に迷惑をかけたりしないこと、それが約束できるならいいよ」

この場を収めるために了承する。影に入れたまま放置でもいいかもしれない。

〈それくらい構わん。久々の人里だ。楽しみだな！　我《われ》は炎が使えるからな。役に立てると思うぞ！〉

人里って、出歩くつもりなのね……炎は納得だよ。赤いドラゴンだったもんね……

〈名を付けてほしい〉

「名前か……赤い炎っていうと……〝紅蓮《ぐれん》の炎〟って思い浮かべちゃうよね。どうし――」

〈グレンか！　よき名だな！〉

（えぇ!?　呟いただけなのに！）

驚いている間にも、赤いドラゴンがピカーッと光って契約が成立してしまった。私は魔力を吸い取られてフラッと倒れるところだった。

〈ふむ！　今から我《われ》はグレンだ！　セナ、よろしく頼む！〉

やっぱり鑑定されてたのか……まぁ、いいけどさ。それより面倒事に巻き込まれないことを願おう。

〈それで大丈夫か？　具合がわ――〉

「（（それ以上口に出さないで））」

従魔契約したし、古代龍《エンシェントドラゴン》だというからには念話が使えるんじゃないかと予想を付けて念話を飛ばす。心配してくれたんだろうけど、口に出されるとブラン団長達にバレちゃう。

〈（（ふむ。わかった。しかし大丈夫か？））〉

グレンは空気を読んで念話で返してくれた。

「((なんか魔力が取られて大丈夫じゃなくなりそうだよ))」

〈((あぁ……すまん。我《われ》との契約のせいだな))〉

「((やっぱり……めっちゃ魔力取られたもん。今までの契約ではこんなことなかったのに……))」

〈((ふむ。契約にはそれ相応の魔力を使うらしいからな。して症状は?))〉

「((熱っぽいんだよ。黄色いアポの実を食べても治らないの))」

〈((なるほど。それ……))〉

──ギャアアアアアアア!

言いかけたグレンを遮《さえぎ》って、何かの雄叫《おたけ》びが響き渡った。

(今度は何!?)

《((湖で眠りし者が目覚めたようだ))》

はぁ!?　もう!　なんなのさっきから!　エルミスが念話で教えてくれたけど、何、その〝湖で眠りし者〟って!　湖にそんな気配なかったよ!?

──シギャアアアアアア!

湖に視線を向けると、ツノとキバ付きのウツボみたいな顔をした、体がウロコに覆《おお》われた超巨大な蛇型の魔獣が顔を出して叫んでいた。ウネウネと動き、水面《みなも》に出たり潜ったりしている。

──ギャアアアアアアア!

私達が戸惑っている間に、叫びながらこっちに水球を投げつけてきた。ウォーターボールだ。しかも速いし、大きい。

（面倒だな……っていうか、なんでこっちばっかりなの⁉　もう一パーティいるでしょ⁉）

なんて思っていたら、モヤモヤパーティは尻尾で湖の水をバシャバシャとかけられていた。水に流されて転んでいる。立ち上がり、湖に向かおうとすると流される。ボーッとしていても流される。

（波のプールみたいに遊んでないでしっかりしてよ！）

こっちのみんなはウォーターボールを避けるのに右往左往。とてもじゃないが、攻撃している余裕はなさそうである。私もウォーターボールを避けつつどうしようかと考える。

一昨日《おととい》の蜘蛛もそうだけど、少人数で戦う相手じゃなさそうなんだよね。俗に言う〝レイドボス〟じゃなかろうか……とりあえず、水にはやっぱり雷かな？

逃げるとしても後ろからの攻撃を避けながら……となると厳しそう。長引けば長引くほど体力を消耗してしまう。ブラン団長達のことを考えたら、今ここで仕留めるべきだろう。私の雷魔法はMAXじゃないにしてもスキルレベルは高かった。きっと大丈夫。イケるハズ！

しばらく避けながら観察して、精神を集中する。ウツボが息を吸ったタイミングを見計らって湖に特大の雷を落とした。

――ドォン‼　バリバリバリッ！

――ギャアアアアアアアア……アアアァァァァァァァア、ア、ア、ア……

――バチバチバチ！

「はぁ……はぁ……」

撃った刹那《せつな》、急速に大量の魔力が奪われ、フラフラになるのをなんとか耐える。

（そんなに魔力を使った覚えはないんだけど……なんでこんなにフラフラするの？）

攻撃が止まったのでウツボを見てみると、湖に浮かんでピクピクと動いていた。まだ死んではいないらしい。最後のトドメのために、一昨日《おととい》のデカ蜘蛛同様に氷の〝丸ノコ〟を作る。暴れて血が散乱しないよう、表面は液体窒素のイメージだ。それを首めがけて放つ。

――ドォーン！

――ギシャアアアアアア！

――バシャン！　バシャン！　バシャン！

丸のこが湖に浮いた巨大ウツボに当たると、ドォーンと巨大な水柱が立った。ウツボがウネウネと全身で暴れ、湖の水が土砂降りの雨のように降り注ぐ。

「はぁ……はぁ……マジキツい……」

私はあまりのキツさにヘナヘナと座り込む。ウツボはしばらく暴れていたものの、ついに動かなくなった。これ、ブラン団長が回収するかな？　デカ蜘蛛を考えたら私っぽいな……

〈大丈夫か？〉

グレンが心配そうに近付いてきた。

「大丈夫に見える？」

〈いや、見えないな〉

「マジキツい。立つのもキツい。でもあのウツボ、回収しなきゃだから運んでくれない？」

〈わかった〉

グレンに抱っこしてもらい、湖のヘリまで運んでもらう。そのまま手を伸ばしてウツボを無限収納《インベントリ》に回収した。液体窒素のイメージが成功したみたいで、血は散乱していない。湖の水かさは減っているものの、水はキレイなままだった。

回収した私はグレンに言ってみんなのところまで連れていってもらう。そこへブラン団長達が走り寄ってきた。

「……大丈夫か？」

「大丈夫ですか⁉」

「大丈夫⁉」

「ちょっと疲れちゃったけど大丈夫だよ」

本当はちょっとどころじゃないんだけどね……今すぐベッドで寝たい。

「助かった！」

「今回も助けられたな」

「セナちゃんありがとう！」

「ありがとう！」

【酒好き】パーティのみんなも寄ってきて、口々にお礼を言ってくれる。

「どういたしまして。みんなが無事でよかったよ」

「しっかしすごいわよねぇ。アタシが魔法を教えてもらいたいくらいだわ！」

フクスさんが言うと、「私も！」とエルフェルンさんまで賛同した。今は勘弁してほしいのでハハハッと誤魔化しておく。

熱が上がった気がするし、全身ダルい。体の奥がポワポワしている。歩けば確実に転ぶだろうから、このままグレンに運んでもらおう。

グレンとの応酬とウツボとの戦闘で時間が経ち、空には完全に日が昇っている。

「……少し休んでから街に戻るか？」

ブラン団長に心配そうに聞かれた。

「ううん。ここで休むより、ゆっくりベッドで寝たいから出発して大丈夫だよ」

「……朝食はどうする？」

「あぁー……んと、作る？」

「……いや、違う。ここから早く離れたいかと思ってな」

「納得。うん、離れよう」

「……そうか。では、出発しよう。無理はするな。休憩など欲しかったら遠慮なく言ってくれ」

「わかった。ありがとう」

ブラン団長がチラッと見たのは、あのモヤモヤパーティ。あいつらから離れたいかってことだろう。予想通りよくない人達なんだね。

「(グレン。このまま運んでー)」

〈〈わかった〉〉

グレンは私を抱え直し、フィズィさん達に続いた。

「……馬車のところでなら朝食をとれそうか？」

歩き始めるとすぐに横を歩いていたブラン団長に話しかけられた。

「みんなはおなか減ってるでしょ？」

「……セナの顔色が悪い。セナの方が大事だ。食べられるなら食べた方がいいが、早く帰りたければ早く帰ろう」

「んー……正直に言うとご飯作るほど元気はないかな。みんなが食べるの待ってるよ？」

「……いや。セナが食べないのなら早く帰ろう」

私が食べないのに合わせてくれるらしい。申し訳ないけど、早く休みたい私にはありがたい。

こちら側のポイズンスライムはまだ狩っていないハズなのに、グレンが来たからかウツボが現れたからか見当たらない。気配はするから隠れているみたい。私を慮《おもんぱか》ってか歩くスピードはそこまで速くない。でも戦闘がない分スムーズだった。

馬車まで歩き、乗ってきた馬車に乗り込む。担当の御者《ぎょしゃ》さんは一人増えたことに驚いていたけど、特に何か聞かれることはなかった。グレンをクッションにして膝の上に座り、グデーッと寄りかかり、休ませてもらう。

（あぁ……マジでキツいな……）

普通に膝に乗ってるけど、運んで～とかお願いしてもなんとも思ってなさそうでよかった。さっきの戦闘も頼んだら始末してくれたんだろうか……とりあえず、宿までは気力でなんとか保たせないと。


街まで戻るのに馬車に揺られていると、ブルインさんのおなかが鳴る音が聞こえた。

「いやぁー。ちょっと時間経って落ち着いたからよ。悪《わり》ぃな！　気にしないでくれ。また鳴りそうだからちょっと黒パン食ってもいいか？」

「……構わない。みんなも食べてくれ」

私に付き合って朝食抜きになったからだろう。街までは魔物が現れて御者《ぎょしゃ》さんに呼ばれない限り乗ってるだけだ。食べていても問題はない。

「私のせいでごめんなさい。これどうぞ」

少しはおなかの足しになるだろうからと、一個ずつドライフルーツパンをあげた。フィズィさん達は食べたことのないパンだと驚喜していて、あまりの喜びようにおかわりを渡した。【パネパネ】で販売していると言うと、買いに行くことを即行で決めていた。

みんなが食べ終わるのを待っていたかのようなタイミングで、真剣な表情のブラン団長に名前を呼ばれた。

「……セナ。今回のことはおそらく噂になる。マザーデススパイダーだけなら内密に処理できた。だが、湖には違うエリアの騎士団と冒険者パーティがいた。彼らはセナがドラゴンを従魔にして、天災級のムレナバイパーサーペントを一人で倒したと話題にするだろう」

「ハァ……やっぱり。だから帰ってほしかったのに……」

言わんこっちゃないとグレンを見上げる。

あのウツボは〝ムレナバイパーサーペント〟って名前なのね。天災級ってなんだ？　パパ達の刷り込み情報にはないぞ？　ちょいちょい抜けてるんだよなぁ……転移魔法陣とか伝説って言われたし……

〈もう契約してしまったからな。今さらなかったことにはできん。セナが嫌がることをしてくるヤツなんぞ蹴散らせばいい〉

「勝手に攻撃したりしないでね？」

〈む……わかった……〉

今のところグレンは素直に言うことを聞いてくれている。約束は守るタイプらしい。

「……人型だから嫌かもしれないが、彼にもちゃんと従魔の首輪をしておいた方がいい。難癖を付けてくるやつも出てくるだろうしな」

「マジか……わかった。最初のオークはギルドに持っていけばいいの？　あとさっきの湖のやつ」

ブラン団長に質問しておいて、私は全然違うことを考えていた。

(グレンとポラルの首輪の石は何色がいいかな？)

「……あれらはセナが倒したからセナのものだ。売るのも自由にして構わない」

「討伐したのは騎士団が回収って言ってなかった？」

「……あぁ。だが、俺達が反応するより早く、セナが倒したからな。【酒好き】のパーティも納得済みだ」

「そうなの？　なんか逆にごめんね」

「気にするな」

黙って事の成り行きを見守っていた【酒好き】のみんなも頷いた。

「スライムの核はどうするの？　見落としてるのもあっただろうけど、拾ってきたのは四百個以上あるよ？」

「……核も証明になるから俺達がもらっておこう。パブロに渡してくれ」

「わかった。はい、パブロさん」

マジックバッグに手を突っ込んで、無限収納《インベントリ》から出した核をパブロさんに渡していく。量が多すぎて、その作業をしている間に街に到着した。

帰りは各エリアの討伐隊とはバラバラだったので北門で待たされなかった。門はブラン団長の顔パスで、そのまま東門近くにあるギルドに向かう。ギルドカードを確認されることもなかったのでグレンも何も言われずに通過できた。

ギルドに到着して馬車を降りると、先に帰らせてもらえることになった。グレンは私とクラオルのナビで無事に宿に到着。女将さんに笑顔で迎えられた。

「おや、セナちゃんおかえり!!　そっちの人は？」

「ただいま！　仲間になったんだけど、増えても大丈夫？」

「部屋を移動するかい？」

「ううん。そのままで大丈夫だし、この人のご飯はいらないよ」

「おや、それなら追加料金もいらないよ。今日はお昼ご飯を食べるかい？」

「ありがとう！　ううん。大丈夫」

女将さんから鍵を受け取り、グレンと一緒に部屋に入った。

「ハァ……やっと着いたぁ……グレン、運んでくれてありがとう」

〈構わん〉

『お疲れ様』

『主《あるじ》、大丈夫ですか？』

「少しマシになったよ。心配してくれてありがとう」

クラオルとグレウスにスリスリ。いつも通りモフモフが気持ちいい。

(はぁ～、癒される)

少し落ち着いたところで【クリーン】をかけようとしたら、グレンに止められた。今はあんまり魔力を使わない方がいいんだそう。それを聞いたエルミスが代わりに【クリーン】を、プルトンが結界を展開した。

「とりあえず自己紹介しなきゃだね。ポラルも出ておいで。エルミスとプルトンも姿を見せてくれる？」

「ハイ……」

《うむ》

《はーい！》

「まずは知ってると思うけど、私はセナね。この子がクラオルで、この子がグレウス。青い精霊がエルミスで、黒い精霊がプルトン。一昨日《おととい》仲間になったこの子がポラル。そしてドラゴンのグレンね。みんな家族だから仲よくしてね。これからよろしく。わからないことがあったら私かクラオルに聞いて」

自己紹介を終え、ポラルとグレンの従魔の首輪を選んでいく。ポラルは蜘蛛だし、気配がなかったから、隠密系だと予想を付けて透き通った紫色の石。グレンは炎系で髪の毛も赤いから、赤色に黒色が混じったような石、赤色版タイガーアイだ。従魔の首輪の説明をし終わったときに気が付いた。グレンさん、すでにチョーカーをしていらっしゃる。

グレンは静止した私を気にせず、待ちきれないとばかりに、私が手の平に載せていた従魔の首輪をスルリと手に取った。

「グレン、チョーカーいいの？」

〈ん？　何がだ？〉

「いや、今やってるチョーカー、気に入ってたり、大事だったりしないのかなって」

私の発言が意外だったのか、グレンはパチパチと数回目を瞬いたと思ったら、ニカッと笑顔を見せた。グレンいわく、特に思い入れがあるワケではなく、なんとなく着けていただけだそう。こんなモノより私との契約の証の方が大事なんだって。

なんだか大げさな気がするけど、大丈夫ならいいか。二人に従魔の首輪を装着してもらい、魔力を通して、ギルドカードにも登録すれば完了である。

（おおふっ！　またクラッときたぜ）

ポラルはクラオル達と同じく首元に石がキラキラと揺れている。グレンは太めのチョーカーの形に。石がチョーカーの太さに合わせた大きさに変わり、ベルトにピッタリとくっ付いていた。

（自動サイズ調整が優秀すぎる！）

〈我《われ》は床で眠ればいいのか？〉

グレンがさも当然といったように聞いてきた内容に、一瞬面食らう。

「へ？　まさか！　そんなひどいこと言わないよ。空間魔法のコテージにまだ使ってない部屋があるから、そこで寝ればいいと思ったんだよ」

〈コテージ？〉

「パパ達は別荘って言ってたけど、秘密基地みたいな感じかな？」

〈ふむ。しかしそれは空間魔法だろ？〉

「そうだよ？」

〈今は魔力を使わない方がいい〉

「さっきも言ってたよね。なんで？」

〈話の途中であの魔獣に邪魔をされたが、おそらく今セナの具合が悪いのは魔力拡張のせいだと思う〉

「魔力拡張？」

〈幼いときに魔力を頻繁に大量使用すると起こる。熱が上がり、倦怠感《けんたいかん》などに襲われるが、魔力の最大量が劇的に増える。しかし今ではほぼ見られなくなっているはずだ。我《われ》が聞いた当時は、その状態で魔力を使うと通常の二十倍以上の負荷がかかり、最悪死んでしまうと言われていた。セナは既に魔法を何回も使っているだろう？　我《われ》との契約もそうだが……セナは人より魔法に長《た》けているし、制御も上手いが今は安静にしていた方がいい。我《われ》はセナが元気になるまで床で寝る〉

「マジか……だから戦闘終了後フラフラしたのね。だったらあの湖のウツボのとき手伝ってくれればよかったのに……」

〈うっ……すまん。セナがどれくらい強いのか確認したかった〉

「まぁ、倒せたからいいけど。グレンは人間の姿でも戦えるの？」

〈うむ！　昔は人に紛れて冒険者として活動していたぞ〉

「そうなんだ。だから魔力拡張とか知ってるんだね」

〈セナに会うまでは住処の山にいたから今のことはわからないが、昔のことならばわかる〉

「なるほど。魔力を使うとフラフラするから甘えさせてもらおうかな。でもそのままはさすがに申し訳ない。ベッドはこの部屋に出せないから寝袋でもいい？」

〈持ってるのか？〉

「うん。パパ達がくれたアイテムに確かあったよ。ちょっと待ってね」

グレンに断ってから無限収納《インベントリ》を開いて探す。

「あった、あった。……はい、寝袋」

〈助かる〉

「ベッドじゃなくてごめんね」

〈構わん〉

「さてと、遅くなっちゃったね。みんなでお昼ご飯食べよう」

クラオル、グレウス、グレンにパンを渡していく。エルミス達は魔力水が好きだけど、今日は遠慮してくれた。ポラルは私と一緒にお弁当の残り。私は食欲がなくてほとんど食べられなかったけど。グレンはジャムパンに大げさに感動していた。従魔契約したから量はいらないんだって。

「寝不足だし本調子じゃないから寝させてもらうね。本を出しておくから、よかったら読んで」

机に本の小山を作って、着替えてベッドに入る。宿だからか、モヤモヤパーティと離れたからか……安心してすぐに微睡《まどろ》みに沈んだ。

閑話　従魔 side

『すぐ寝ちゃったわね』
《だいぶ無理していたからな。倒れなかったのが不思議なくらいだ》
セナを見守っていたクラオルが誰にともなく呟いたものにエルミスが反応した。
『主《あるじ》……』

グレウスはセナを起こさないよう、くっ付きすぎない距離で心配そうに見つめている。

『前に呪淵《じゅえん》の森で魔力枯渇になって倒れて、少し魔力が増えたみたいなんだけど、そのときはアポの実を食べて、次の日には普通に起きたのよ？』

〈そのときはただの魔力枯渇で、魔力拡張ではなかったんだろう。魔力拡張はケガや病気ではない。自然治癒しか方法がないと言われていたぞ〉

クラオルの疑問にグレンが答えていく。

〈おそらく今の状態を見ると二週間は休ませないとダメだろうな。昔は一ヶ月以上休ませなければいけなかったが、セナは元々の身体能力や耐性が高いから、そこまで休まなくても大丈夫だと思う〉

『そうなのね……まったく。自分がやれば解決できるからってすぐ無理するんだから……』

グレンの説明にクラオルがやれやれとため息をつくと、みんな揃って頷いた。

各々《おのおの》、本を読んだり、ボーっとしたり……と時間を潰していると、セナの呼吸が荒くなり、熱が上がっていることに気が付いた。グレンがどこからかタオルを出してセナの汗を拭《ぬぐ》う。

《グレンよ、タオルはもう一枚ないのか？》

エルミスがグレンに問うと、グレンは無言でもう一枚出してエルミスに渡した。

《助かる。アイテムボックスだな？》

エルミスはグレンからタオルを受け取り、畳んで水魔法で濡らす。それを氷魔法で冷やした後に寝ているセナのおでこにのせた。

〈あぁ、そうだ。セナも使えるだろう？〉

『主様のは無限収納《インベントリ》よ。アイテムボックスって誤魔化しなさいって言ってあるけど』

〈無限収納《インベントリ》……!?　セナは神の御使いか何かか？〉

想定外だったクラオルのセリフにグレンは瞠目《どうもく》した。

『鑑定かけたんじゃないの？』

〈かけた。だが、読み取れないところも多かった〉

『なるほどね。主様は神達の関係者ではあるけど、御使いじゃないわ。ものすごーく気に入られているけれど。使命なんてないし、好きに生きていいと言われているのよ』

〈ふむ、なるほど。神の関係者だから我《われ》と契約ができたのだな〉

『まったく。あんなに目立つように契約させるなんて！』

〈すまん。あの機会を逃したら契約できないと思ったんだ〉

『主様が貴族に目を付けられたらどうするのよ!?』

〈そんな者、始末すればいい〉

『あんた……街で暮らしてたんじゃないの？　貴族を問答無用で始末してたら問題でしょ！　捕まるか戦いでいいように使われるために囲われるじゃないの！』

《あっ！　そうだ！　その貴族、出てきそうよー》

クラオルがグレンに怒っているとプルトンが話題に入り込んだ。

『どういうこと？』

《えっとねー、あの団長だっけ？　あの人達が話してるのをチラッと聞いたんだけど……》

プルトンは聞いた内容を思い出しながら全員に話す。

『ハァ……厄介ね。でも主様が動けるようになるまでは何もできないわ。とりあえず、夕食までに起きられそうにないから、宿の女将さんに〝疲れて眠っているから、夜ご飯もいりません〟って伝えてきてちょうだい』

〈ふむ。わかった〉

クラオルに言われたグレンは五分ほどで戻ってきた。

〈伝えてきたぞ。心配していたが大丈夫と答えておいた〉

『ありがとう。こういうとき、人化《じんか》できると便利よね』

〈そうだな。我《われ》も役に立つだろ？〉

『……はいはい。そうね。そういう役には立つわね』

ドヤ顔のグレンをクラオルは軽く受け流す。

〈我《われ》に厳しくないか？〉

『もっと役に立ってから言いなさいよ』

拗《す》ねた様子のグレンにクラオルはピシャッと言い放った。

〈ふむ。仕方ないな。しかし、外にコチラを監視する者がいるのは何故だ？〉

『知らないわ。前に騎士団に来いって嘘の呼び出しがあってから、街にいる間は付けられてるわね。

主様は〝ストーカー〟って言ってたわ。主様が転移や身体強化で走ったりすると追ってこられないみたいだし、面倒くさいって放置してるのよ』

〈なるほど。泳がせているというところか。ククッ……さっきの話といい、早速面白そうだな〉

『勝手なことは許さないわよ？　主様を傷付けたらい、ろ、ん、な、ところからお仕置きされると思うわ』

〈そんなことはせん。せっかく契約してもらえたからな。ただ暴れていいなら暴れさせてもらおう〉

『主様が許可したときだけにしてちょうだい』

〈わかっている〉

何かを思い付いたクラオルは忘れないうちに話題を変える。

『そういえば、グレンはアイテムボックスに武器か何かを持ってるの？』

〈ああ。しかし、セナの持っていた武器には及ばないと思うぞ〉

『主様のは特別よ。自分の武器を持っているならいいわ。そのうち武器も作るって言いそうだから、そのときは協力してあげてね』

〈セナは武器も作れるのか？　さっきのジャムパンなるモノも初めて食べたが美味かった！〉

『主様は料理が好きなのよ。他の料理も美味しいわ。今のところパンケーキが一番美味しいわね』

『はい。パンケーキ、とっても美味しかったです！』

ずっと静かにしていたグレウスが我慢できずに反応する。

〈我《われ》も食べたい〉

『主様が起きてるときに言えば作ってくれると思うわよ？　なんだっけ？　〝なまくりいむ〟ってやつがあればもっと美味しくなるって言ってたけど』

〈〝なまくりいむ〟とはなんだ？〉

『知らないわ。モウミルクの濃いやつってことだけど。あとよく〝ス〟が欲しいって言ってるわね』

〈ス？　それはなんだ？〉

『酸っぱい液体らしいわ。それがないと作りたい料理ができないって嘆いてたわね』

〈モウミルクの濃いやつに酸っぱい液体か……〉

『そうそう。こないだなんか樹液のお酒を〝みりん〟だって喜んでたし』

〈ふむ。ならば予想外のものがそれである可能性があるんだな〉

『そうね。そうだと思うわ。話は戻るけど、主様は木工スキルを持ってるの。この間なんて、箱の蓋を支える道具を錬金と鍛冶でハチャメチャな方法で作ってたし……多分武器もそのうち作るんじゃないかしら？』

〈ほう。セナは多才なんだな〉

『そうね。作り方はハチャメチャだけど、作るものはいいモノだと思うわ』

〈さすが我《われ》が見込んだだけのことはあるな〉

『まぁ、なんにしても主様が回復しない限りは無理ね』

〈そうだな……〉

グレンは気落ちしたように肩を落とした。

現実を見れば確かにそうなのだ。今、この瞬間もセナは熱が上がって苦しんでいる。セナを目視したメンバーは、セナのためにも静かにしていようと口を噤《つぐ》んだ。

◇◆◇

いつも通りに目が覚めた面々は、起きるなりセナを確認する。

セナは昨日と変わらず、ほのかに赤い顔色で汗をかき、息も苦しそうなままだった。起き上がる気配はない。エルミスが氷タオルを冷やし直し、再びおでこにのせる。

『昨日から変わらないわね。とりあえず寝ているから女将さんに〝起きるまでご飯は大丈夫です〟って伝えてきてくれない？』

〈わかった〉

伝言に下りたグレンは昨日と同様に五分ほどで戻ってきた。

〈すごい心配していたぞ。何時でもいいから、起きたら言ってくれって。薬草スープを作ってくれるらしい〉

『ありがたいわね』

《今日はストーカー増えてるわよー》

『ハア……団長が言ってた通り、噂にでもなったのかもしれないわね。素材も全て持っているのは主様だもの。困ったわね……宿に迷惑かかったら主様が気にするわ』

《あら！　なら宿全体に結界を張ってあげるわ！　害を及ぼそうとしてくるやつが入れないように。ふふふっ。ご褒美に、起きたら水魔法の魔力水、たっぷり飲ませてくれるかしら？》

『宿を守ったら、喜んで飲ませてくれると思うわよ』

《じゃあ張り切って結界を張るわ！》

上機嫌になったプルトンが魔法を展開するのを待ち、クラオルは皆の注目を集めた。

『……さて、聞いてくれる？　ガイア様からの伝言よ。〝セナさんはグレンの言う通り魔力拡張だった。ただセナさんでも一週間以上かかりそう。一週間だと宿の期限が来ちゃうから、明日起きられるように深い眠りにつかせることにした。深い眠りについている間は無防備になってしまうため、みんなでセナさんを護ってね〟だそうよ』

ガイアからの言伝を聞き、メンバーは納得したように頷く。そんな中、グレンだけが不思議そうに首を傾げた。

〈クラオルは眷属《けんぞく》なのか？〉

『そうよ。ワタシはガイア様の眷属《けんぞく》。主様も特殊よ。グレンとポラル以外は知ってるから話しても構わないとは思うんだけど……主様のことは本人に聞いた方がいいと思うわ』

〈そうか。なら起きたら本人に聞いてみよう〉

『そうしてちょうだい。多分笑いながら普通に話してくれるから。ただ、聞いた内容は他言無用よ？』

〈約束する〉

『さて、今日もヒマね。本を読むしかないわ』

クラオルが蔓《つる》で一冊の本を取ると、他の面々もそれぞれ本を手に取った。部屋には本をめくる音だけが響いている。時々セナの方を向いては確認し、確認しては本に視線を落とす……を繰り返すこととなった。

――数時間後。
プルトンがハッと顔を上げた。
《団長達が来たわよー。どうするの？》
『そうね……とりあえずエルミスとプルトンは姿を隠してちょうだい』
《御意》
《はーい》
『ポラルは見つからないようにどこかに隠れて』
〔ハイ……ベッド……シタ……マス〕
『グレンはワタシを肩に乗せて言う通りに応答してちょうだい』
〈わかった〉
クラオルが指示を出し終わるころに階段を上がる足音が聞こえてきた。
――トントントン。

〈誰だ？〉

「……騎士団団長のブランだ」

『（ちょっとだけドアを開けて確認してちょうだい）』

――――カチャ……

「……女将にセナは具合が悪く、寝ていると言われたんだが」

グレンの顔を見たブランは緊張気味に声をかけた。

〈あぁ。今は熱が下がらず寝ている。部屋には入るな〉

「確認させてもらえないのでしょうか？」

フレディが心配そうに問いかける。

〈セナが起きる。起きると気を遣うから寝かせてやりたい〉

「そうですか……」

グレンの言葉に納得はしたようだが、フレディはとても残念そうに肩を落とした。

「……下で話せないか？　このままここで話していても起きるかもしれない」

〈わかった〉

ブランの言葉に頷いたグレンは一度ドアを閉める。

『みんな、主様をお願いね！』

クラオルは部屋に残るメンバーに頼み、グレンと共に一階に向かった。

一階の食堂の席に着くと、ブランが紅茶を全員分頼んだ。グレンは出てきた紅茶に鑑定をかけてから、クラオルの分を渡す。自分の分も確認してからひと口飲んだ。グレンがひと口飲んだのを確認したブラン団長が口を開いた。

「……セナはどんな様子なんだ？　大丈夫なのか？」

〈熱が上がって寝ている。二、三日寝てれば治るだろう〉

「……そうか……悪いが領主からセナに招待状が届いている」

〈具合が悪いのに来いと言うのか？〉

「……おそらく、セナが起きられるようになったらすぐに呼ばれると思う」

イラ立つグレン対し、ブランは額に汗を滲《にじ》ませている。

〈ほぉ……我《われ》らにケンカを売ろうとは……〉

「……すまないが殺気を抑えてくれないか？」

〈…………ふぅ。これでいいか？〉

グレンが威圧をやめると、ブラン団長とフレディ副隊長は揃って息を吐いた。パブロだけは慣れているのか平気そうだったが。

〈して、そいつの用件は？〉

「……表向きは功労者への慰労《いろう》とのことになっている。だが裏はわからないから用心してほしい。コチラもコチラで動いている」

〈拒否権は？〉

「……ないと思っていい」

〈ほぅ。なるほどな。おそらくセナは拒否したがると思うけどな〉

「……わかっている。俺達も一緒に向かって護るつもりだ」

〈ふんっ。まぁ起きたら伝えておこう〉

「……頼む」

ブランを筆頭にフレディとパブロも頭を下げた。これで話は終わりらしい。グレンは三人が出ていくのを見送って、部屋に戻った。

グレンが戻ると姿を消していたエルミスとプルトンは姿を現し、隠れていたポラルも出てきた。全員が揃ったところで、クラオルとグレンが先ほどのことを説明する。

〈……と、こんなところだ。我《われ》を観察していたやつらもいたが、我《われ》がちょっと威圧したら飛び出していったな。根性のないやつらだった〉

『まったく。宿の人が怯えるからやめてほしかったわ』

〈む。すまん。あのときはちょっとイラッとした〉

『まぁ、ワタシもイラッとしたけど……この宿もブラン達も主様が気に入ってるんだから。それはそうとして、領主のところで何が起きるのか……主様が傷付かないといいんだけど……』

《そうねぇ……セナちゃんって巻き込まれ体質よね？》

『プルトン。それをあんたが言うの？　あんた達も強引に契約したじゃないの』

《まぁ、まぁ。いいじゃない。私も役に立ってるでしょ？　それに私達はちゃんとセナちゃんを護るわよ》

『ハァ……そうじゃなきゃ困るわ』
《その辺は安心して。伊達《だて》に元精霊王じゃないわ》
呆れるクラオルにプルトンはウィンクしてみせる。
『ハァ……とりあえず勝手なことはやめてちょうだい』
《ちゃんとわかってるわ！》
悪びれないプルトンの様子にクラオルが疲れたように三度目のため息を吐いた。
その後は夜まで各々《おのおの》時間を潰し、精霊二人にセナを任せて眠りについた。

第十四話　懐かしき記憶とウツボの正体

——夢を見ていた。

風邪を引いた私は、母親が作ってくれたお粥《かゆ》を実家で食べていた。母親はお別れしたときよりも若い。私の手も幼女サイズではなかった。おそらく、元の世界の昔の記憶なんだろう。

我が家のお粥《かゆ》は他の家とは違い、おじや風。母親いわく、白がゆなんて栄養がない！　と、土鍋にご飯と水を入れ、溶き卵とネギを散らしたお粥《かゆ》。味付けは味噌である。「卵で栄養が取れ、ネギで熱を下げて、味噌で体が温まる！」と言っていたのを思い出した。

小さいころはこれが普通のお粥《かゆ》だと思っていて、クラスメイトに話したらすごく驚かれた。驚かれたことにビックリしたのを覚えている。ちなみにその後、友人達と〝我が家のお粥《かゆ》論争〟に発展した。とても懐かしい。

ふと、クラオルとグレウスに呼ばれた気がした。起きなければ。懐かしいがもう地球には戻れない。最後に母親に「今までありがとう。産んでくれてありがとう。育ててくれてありがとう。忘れないよ」と伝えると心底嬉しそうにニッコリと笑ってくれた。

母親が笑顔になると全てがボヤけていき、起きられることがわかった。


目を開けると涙が流れていたのか、目からこめかみにかけて濡れていることに気付いた。おでこには濡れタオルがのせられているらしい。

目線をズラすと心配顔のクラオルとグレウスと目が合った。

『あ、主様ぁぁぁ！　やっと目が覚めたのね！　心配したじゃないのぉぉぉー‼』

『主《あるじ》ぃぃ……』

泣いてしまった二人を抱きしめようと体を起こす。涙はバレないように拭《ぬぐ》っておいた。膝の上に二人を乗せ、安心させるように撫でる。

「心配してくれてありがとう。もう大丈夫だよ」

寝る前のフラフラ感や熱っぽさはない。それどころか体の奥から力が湧いてくる感じだ。

「これ、エルミス？」

濡れタオルを持ち上げて聞く。

《そうだ。熱が高く、ツラそうだったのでな》
「ありがとう」
《私も増えたストーカー対策のために宿全体に結界を張ってるわ！》
「え、増えたの？」
《増えてるわよ。今は五人かしら？》
「マジかよ……面倒くさいな……」
《それでね、ご褒美にセナちゃんのお水が飲みたいんだけど》
「ふふっ。それくらいお安い御用だよ。ありがとうね」
　水魔法で出した水で満たしたコップを精霊の二人に渡してあげる。
〈もう大丈夫か？〉
「うん。今魔力使ったけど大丈夫だから、もう本当に大丈夫だと思う。グレンも心配してくれてありがとうね」
〔ゴシュ……サマ〕
「ポラルも心配してくれてありがとう」
　ソロソロと近付いてきたポラルも撫でてあげる。
「それにしてもおなか空《す》いたね。お粥《かゆ》食べたいな……土鍋が欲しい。みんなもおなか空《す》いたよね？　パン食べる？」
『二日間寝てたのに主様が主様だわ……』

「そんなに寝てたの？」

『今日は三日目のお昼過ぎよ！』

「そうだったんだ……ごめんね。おなか減ったよね？」

『んもう。主様が主様で気が抜けるわ』

〈とりあえず宿の女将に起きたことを伝えた方がいい。心配していたからな。起きたら薬草スープを作ると言っていたぞ〉

「あら、女将さんにも心配かけちゃったか……謝らないとだね」

〈セナは病み上がりだろ。我《われ》が言ってくる〉

「ありがとう！」

グレンが部屋を出ていくのを見ていると、クラオルにテシテシおなかを叩かれた。

『主様、とりあえずアポの実を食べてちょうだい』

「はーい」

無限収納《インベントリ》からチートなリンゴを出して、半分に切る。半分は自分用。もう半分はみんなに食べてもらおうと、ひと口サイズに切っていく。その間にグレンが帰ってきた。

〈言ってきた。早速薬草スープを作ったら持ってきてくれるそうだ〉

「ありがとう。これひと口だけだけど、グレンも食べて」

みんなにリンゴを渡して自分も食べる。うん。体力が戻ってきたのを感じる。

〈ふむ。神のアポの実か。聞いていた以上の効果だな〉

グレン以外のみんなも気力、体力共に満たされたみたい。よかった、よかった。

『主様。元気になったのはいいんだけど、問題が発生してるのよ』

「ん？　問題？」

『領主に呼ばれているそうよ』

「げっ⁉　それ拒否って……」

〈できないらしい〉

「えぇー⁉　超面倒なんだけど……関わりたくない……」

『ふふっ。そう言うと思ってたわ。騎士団の団長達も一緒に行くらしいわよ。ただ……』

「ただ？」

〈表向きは慰労《いろう》らしいが、裏はわからんそうだ〉

「うわぁ……面倒くさいパターン……ってことはロクでもない御貴族様じゃん。なんなの？　貴族に呼ばれるとかそんなテンプレいらない」

〈おそらく、宿の女将からその騎士団に連絡がいっていると思う。起きたらすぐ呼ばれると言っていたからな〉

「うげぇ……逃げたい。バックレたい……」

クラオルとグレンからの報告に打ちひしがれていたとき、ノック音が響いた。この気配は女将さんだ。

――トントントントン。

「セナちゃん？　入ってもいいかい？」

「はーい！」

ドア前から声をかける女将さんに返事をすると、グレンがドアを開けてくれた。

「起きたって聞いたけど大丈夫かい？　これ薬草スープだからちゃんとお食べ」

「うん。もう大丈夫。心配かけてごめんなさい。ご飯の時間じゃないのに作ってくれてありがとう！」

「……大丈夫そうで安心したよ。そんなこと気にしないでいいさ！　じゃあ何かあったら言っておくれ。夜ご飯は食べられそうかい？」

「んーと。この薬草スープがあるから少しで大丈夫！　お願いします」

「はいよ！　スープのお皿を返すのは夜ご飯のときでいいから、ゆっくり食べておくれ」

女将さんを見送って、薬草スープを食べる。みんなにもパンと魔力水を渡して一緒にご飯タイムだ。宿の食堂だと精霊達は飲めないからね。

薬草スープって言うから美味しくないのかと思ったら、普通に美味しかった。薬草とハーブが煮込まれていて塩味ながらも深みがあるスープだ。食べ終わると体がポカポカしてきた。体が温まる薬草が入っていたらしい。

「美味しかった。ご馳走様でした」

ちょうどいい量だったから食べきれた。【クリーン】をかけたお皿をグレンが机に置く。

全員が食べ終わるのを待っていたグレンはそういえば……と話し始めた。

〈セナは料理をするんだろう？　あの湖にいたムレナバイパーサーペントは美味いぞ〉

「え!?　あの気持ち悪さで美味しいの？」

〈肉は美味いし、その他は全て素材になる。滅多に現れない貴重な魔獣だ。おそらく高く売れる。しかもセナは首だけしか攻撃していないからな、無駄な傷がないからさらに値段は跳ね上がるだろう〉

「マジか……金額は別にいいんだけど、美味しいなら食べてみようかな……」

気になった私がメニューを開くと、マップと無限収納《インベントリ》が光っていた。

先にマップをタップすると〝更新しますか？〟と見たことのあるウィンドウが出てきた。もちろん〝はい〟を選ぶ。前回のジョバンニ地図同様に砂時計がくるくるして更新が完了した。今回はダンジョン地図が中に入ったらしい。

「あぁー。そういえばジョバンニさんにもらってたな。メニューからマップを開いてなかったから更新されてなかったのか。納得」

独り言を呟きながら今度は無限収納《インベントリ》をタップする。

特に増えてはなさそ……あ、増えてた。リンゴがめっちゃ増えてる。あとは野菜、フルーツ、小麦粉……全体的に食材と調味料が増えていた。これは……作れってことかな？　落ち着いたら作ってあげよう。

増えたものを確認したら、あのウツボを表示させる。

（この状態で鑑定できないのかな？）

大きさを考慮して、考えを巡らせていると、再びウィンドウが開いた。

——ポンッ。

あ。できたみたい。んーと、なになに。

＊＊＊＊　ムレナバイパーサーペント　＊＊＊＊
天災級の魔獣／味は焼けば鰻《うなぎ》、煮れば穴子に似ている。美味／
滅多に現れず、倒せる者も少ないためとても高級／
ツノ、キバ、鱗、骨、皮、血、内臓全てが素材／全長四百三十二メートル／
仮死状態で寝ていたが、ドラゴンが近付いたこととセナとの契約の魔力を感じ目を覚ました

「おぉ！　鰻《うなぎ》と穴子さん！　これは食べたいね！」

〈なんだそれは〉

「私が前に住んでた世界の生き物だよ！　あ……私、別の世界で死んで、この世界の神様に転生させてもらったのね。で、前の世界のご飯が食べたくて作ってるんだよ」

〈……〉

「おーい？　大丈夫？」

あんぐりと口を開けて固まったグレンの前でヒラヒラと手を振る。

〈……クラオルが特殊と言っていた理由がわかった〉

「詳しいことは後で話すけど、私がいた世界の美味しい食材にそっくりなんだって。楽しみだね！日本酒があればタレが作れるんだけどな……ねぇ。グレンはお酒がどこにあるか知らない？」

〈お酒？　ワインとエールならその辺に売っているだろ？〉

「ワインも欲しいけど、私が欲しいのは日本酒なんだよ」

〈ニホンシュってなんだ？〉

「私の世界だと、米……シラコメからできているお酒なんだよね。無色透明で、香りがよくて、アルコール度数が高いの」

〈アルコールどすう？〉

「お酒の強さ。度数が高いとすぐ酔っ払うの」

〈無色透明ですぐ酔う酒……ふむ。もしかしたら……龍牙渓谷《りゅうがけいこく》にある滝かもしれんな。川は普通の水だが、滝壺が何故か酒なのだ。今では古代龍《エンシェントドラゴン》くらいしか知らぬが……〉

「本当!?　それどこにあるの!?」

〈セナの足では遠すぎる。我《われ》が飛んでもここから何日もかかる。欲しいなら我《われ》が取りに行ってやろう〉

「わぁ～、ありがとう！　今すぐじゃなくて、ちょっと落ち着いてから行ってくれると嬉しいな！」

〈わかった。何か入れ物はあるのか？〉

「あるよ！　前にみりん用に作った樽《たる》が！」

〈我《われ》もアイテムボックスがあるから渡してくれ〉

「うん、お願いします！　とりあえず四つね！」

無限収納《インベントリ》から作った樽《たる》を渡す。まさかここで役に立つとは！

樽《たる》を移動させていると、プルトンから声がかかった。

《ねぇ。盛り上がってるところ悪いんだけど、宿に団長が近付いてきてるわよー》

「プルトンありがとう。領主の話かな？」

〈おそらくそうだろうな〉

ブラン団長達の気配は真っすぐ私の部屋に向かっている。それに合わせ、エルミスとプルトンは姿を消し、ポラルはベッドの下へ。グレンはイスをベッドの近くに置いて、それに座った。なんて優秀な子達！

ノック音に返事をすると、ブラン団長達三人が部屋に入ってきた。

「……目が覚めたと聞いたから来た。大丈夫か？」

「うん。もう大丈夫。心配してくれてありがとう」

「……よかった」

顔色が悪いブラン団長とフレディ副隊長を見てピンときた私はグレンに念話を飛ばす。

「((ちょっとグレン！　威圧飛ばすのやめなさい))」

〈((む……わかった))〉

威圧から解放されたブラン団長とフレディ副隊長が揃って息を吐いた。パブロさんだけは大丈夫だったみたい。

「……起きたばかりで悪いが……聞いたか？」

「うん。領主に呼ばれてるってやつでしょ？」

「……そうだ。悪いが強制だ。どこから知ったか知らないが。セナが起きたことを聞きつけたらしく、明日の昼過ぎになった」

「ずいぶん急だね。逃げないようにってところ？」

「……おそらくな」

「んー、わかった」

「……病み上がりだ。俺達はすぐに帰ろう。……セナ、無事でよかった」

ブラン団長はグレンの様子を窺《うかが》いつつも微笑んで頭を撫でてくれた。ブラン団長を見て大丈夫だと思ったのか、フレディ副隊長とパブロさんも私の頭を撫でてから帰っていった。

いつもと違って抱きしめたりしてこないのはグレンの威圧のせい？　グレンに聞いたら〈我《われ》のセナだから〉なんて言われた。どういうこっちゃ。とりあえず、お世話になっている人達なのでやめなさいと注意しておいた。

その後は新しく家族になったポラルとグレンに今までのことを説明。途中で夕飯を食べたけど、グレンが地球の食べ物に興味津々だった。グレンの興奮具合のせいでクラオルからカミナリが落ちたため、私はいそいそとベッドに入る。結局、グレンは今日も寝袋だった。

第十五話　慰労《いろう》パーティー

今日は数日ぶりにクラオルとグレウスが起こしてくれた。

あぁ……この感じ、久しぶり！

今日の服はパパ達がくれたいつもの服。ブラン団長達からプレゼントされた服と迷ったんだけど、何かあったときに動きにくいと困るし、特にドレスコードも指定されていないからいいかなって。普通の服より生地も縫製もいいしね！

エルミスとプルトンには姿を隠してもらい、ポラルは申し訳ないけど影に。寝袋や本などの荷物を全て無限収納《インベントリ》にしまってから一階に下りる。

女将さんに挨拶してから裏庭でいつものストレッチだ。クラオルに促され、グレンと姿を隠したままの精霊達も参加していた。

朝ご飯はやっぱり食べきれなくて、グレンが私が残したご飯にプラスしてジャムパンを八つも平らげていた。いいんだけどさ、契約したらご飯っていらないんじゃないのかね？

部屋に戻った私はポラルも呼んで、みんなと午後までどうするかを相談。声を揃えてゆっくりしなさいと言われたので、コテージに行くことにした。あそこなら、宿の部屋にいるよりは楽しめるでしょう。

空間魔法を展開し、コテージへのドアを出すと、グレンが目を見開いた。そんなグレンの手を引っ張ってコテージの空間に入る。

グレンはポカーンと口を開けたままだし、そのグレンの頭に乗っているポラルはキョロキョロと辺りを見回している。そんな二人を放置して、エルミスとプルトンはまた飛んでいった。

とりあえずグレンの部屋を決めようと、グレンとポラルを連れて客間エリアに向かう。二階に上がるとどこか違和感に襲われた。

んん⁉　客間増えてない⁉

確認したところ、前は七部屋だったのに十二部屋に増えていた。何故だ⁉　って思ったところで、心当たりは神達しかいない。まぁ、私に害があるわけじゃなさそうだからいいかと、気にしないことにした。

「ここがみんなの部屋ね。ちなみに、ネームプレート……このマークみたいなのがドアに貼ってある部屋は使用者がいるからダメだよ。何も貼ってない部屋の中から好きなとこ選んで」

〈すごいな……〉

「私がすごいんじゃなくて、パパ達神様がすごいんだよ」

〈ふむ……我《われ》はこの部屋にする！〉

「そこでいいの？」

〈うむ！〉

「そっか。わかった。グレンのネームプレートはどうしようか……って、今思ったけど、これどうやって貼り付けてるんだろ？」

『ガイア様に聞かないとわからないわね』

「だよね。とりあえず、目印があればいいだろうから……木工部屋に行こう」

グレンとポラルを連れて木工部屋に向かうと、ここも二部屋増えていた。各部屋のドアにはネームプレート……って言うよりはエンブレムみたいなのが貼り付けてあった。

剣と鎧のマークの部屋は鍛冶部屋。森のマークは木工部屋。フラスコと試験管のマークは錬金部屋。新しくできていた部屋は、服のマークとダイヤモンドのマーク。

ドアを開けてみると、服のマークの部屋は機織《はたお》り機とミシンみたいなものが置いてあった。これ……ミシンはまだしも、機織《はたお》り機の使い方はわからないぞ。私が読んだ裁縫の本は布の織り方じゃなくて、どの素材が服になるのか……ってことと、布の状態からの服の縫い方が載っていた本だった。とりあえず放置しよう。次！

ダイヤモンドのマークの部屋は魔石と鉱石が大量に置いてあった。これ、もしかして魔道具部屋だろうか？　多分そうだ。あっちの錬金部屋はポーションなんかの薬学系で、こっちの部屋が魔道具用ってことだろう。

ありがたい！　今度使わせてもらおう！　そしてお礼も言わないと。食材も増えてたし、何か作ってあげよう。とりあえず今は木工部屋だ。

木工部屋にもイスや彫刻刀みたいな小道具など、いろいろと増えていて驚いた。ネームプレートの件はひとまずわかればいいかと、木の板をスライスしてから、ドアノブに引っかけるための穴を開ける。ペンで〝グレンの部屋〟と書いたものを部屋のドアに引っかけておくことにした。

「グレン用のネームプレートができるまではこれが一応の目印ね。ガイ兄《にい》に聞かないとわからないから。今はこれで我慢してくれる？」

〈我《われ》は別にこのままでも構わん。部屋が使えることが嬉しい〉

「本当は森から帰ってきた時点で、ここに案内する予定だったんだよ。ごめんね」

〈大丈夫だ。気にするな〉

「部屋の中は好きにいじっていいからね。何か買いたいものがあれば言ってくれればお金渡すから」

〈我《われ》も昔稼いだ金を持っているから大丈夫だ。使う機会もなかったから結構持っていると思う。ちょうどいいな！〉

「ふふっ。じゃあ、必要なものを考えといてね。後で作るか買うかしよう。もう好きに過ごして大丈夫だよ。帰るころに呼ぶから、そしたら外に出てきてね」

〈うむ！〉

グレンは部屋の中をチェックするそう。ポラルはグレンの頭に乗ったままだったから一緒にいるんでしょう。私達三人は外へと向かうことにした。

コテージの外に出ると、さっきは気付かなかったモノに気が付いた。コテージ近くの場所に、木製のテーブルセットとサマーベッドが置いてあったのだ。

「これ、作ろうと思ってたサマーベッドだ！　ガイ兄《にい》が作ってくれたのかな？」

『そうよ』

早速寝そべってみる。クラオルとグレウスは私のおなかの上だ。

「さすがガイ兄《にぃ》。いい仕事してるわぁ～。このまったり感がたまんない」

『ふふっ。その主様の幸せそうな声をガイア様が聞いたら喜ぶわね』

「パパ達みんな便利にいじってくれたんだねぇ。今度美味しいものを作って渡そうね」

『みんな喜ぶと思うわ』

「そうだといいなぁ。ふわぁ……こうまったり幸せな時間だと眠くなっちゃうね」

『そうねぇ……』

『はい……眠くなりますぅ……』

ウトウトしつつ、クラオル達を撫でていると、あっという間にお昼近くなってしまった。

『主様。そろそろ戻った方がよさそうよ』

「うーん……とっても名残惜しいけど戻らないとか……しょうがないね」

むっくりと起き上がった私は、歩きながらみんなに念話を飛ばす。ドア前で集合して、揃って宿の部屋に戻った。

何時にブラン団長達が来るのかわからないので、部屋でお昼ご飯。女将さんには朝伝えておいたから大丈夫。

今日は以前作っておいたサンドイッチ。精霊二人は魔力水だ。初めて食べると喜ぶみんなを見て私は和《なご》む。グレンは二回おかわりしていた。気に入ってもらえて私も大満足です。

「グレンは何か欲しいものあった？」

〈部屋には家具があったから特には思い付かなかった〉

「そっか。何か欲しいものができたら言ってね」

〈わかった。あの屋敷はすごいな。風呂もあったし、トイレにも驚いた〉

「あはは！　そうだね、トイレは驚くよね。あれのモデルは私の前の世界のトイレだから、この世界には存在しないんだよ」

〈なるほど。納得した。他にもキッチンに不思議なものがいっぱいあったが〉

「あぁ、そうだね。あれも前の世界のやつだからかも。でも全部便利なものだよ。今度使い方を教えてあげるね」

〈うむ！〉

グレンは私達が外に出た後、コテージ内を探検していたらしい。興奮冷めやらぬ様子でポラルに話しかけている。

プルトンから、ブラン団長達が近付いているとお知らせが入った。

「ありがとう。ついに来たね。戦いに向かいますか」

先日と同じようにプルトンとエルミスは姿を隠し、ポラルは何かあったら叫ぶことを約束して影の中。ポラルのことをブラン団長達に話すか迷うところだ。

訪ねてきたブラン団長達もいつもの隊服姿。やっぱこの格好で正解だったっぽい。

「お待たせいたしました」

「……これから馬車で領主宅に向かう」

「はーい。――わっ！」

フレディ副隊長とブラン団長に返事をしたタイミングでグレンに抱えられた。

「歩けるよ？」

〈病み上がりだろ（(病み上がりをアピールするのにちょうどいい)）〉

「ありがと（(でもブラン団長達にアピールしても……じゃない？)）」

〈(〝ストーカー〟がいるからな)〉

「(なるほど。ありがとう)」

グレンのマネをして、前半は普通に、後半は念話で伝える。その返事も念話だった。

グレンに抱えられたまま、宿の近くに停められていた馬車に乗り込んだ。

「……体調は大丈夫か？」

「うん。大丈夫だよ。心配してくれてありがとう」

私がニッコリとお礼を言うと、三人共安心したように微笑んでくれた。

「ねぇ、領主様ってどんな人なの？」

「……どんな？　うーむ……」

「前領主様は大変よいお方でしたが、数年前に違う方に代わりまして……そちらの方はなんとも……」

考え込んでしまったブラン団長に代わって説明するフレディ副隊長も言葉を濁した。

「なるほど。なんとなくわかった」

うん。世代交代かなんかで領主が代わったら、よくないやつだった……ってよくあるパターンだもんね。

馬車が止まったので、気合を入れる。何を言われるかわからないけど、私の大事な家族に手を出されそうになったらブチ切れよう。グレンに盛大に威圧してもらうのもアリかもしれない。

「門の前ですので、もう少し動きます」

「はーい……」

フレディ副隊長によると、邸《やしき》前の広場まで乗り付けるんだそうだ。気合入れたのに空振り感。ちょっと恥ずかしいじゃないか。

再び動き出した馬車は十分ほどで止まった。今度こそ着いたらしい。ブラン団長達が降りたのに続いて、私を抱えたグレンが降りた。

腕の中から周りを確認したところ、すぐ近くには噴水が。前庭は広く、キレイに整えられている。邸《やしき》は立派な庭にふさわしい大きさで、もしかしたら冒険者ギルドよりも大きいかもしれない。取って付けたような装飾が余計にそう感じさせるのかもしれないけれど。きっと以前は威厳のある風格を醸《かも》し出していたんだろうことが窺《うかが》えた。

案内人にブラン団長達が続き、私達はその後ろに付いて邸《やしき》に入った。案内人によると、応接室で領主と面会したのち、パーティーなんだそう。パーティーには【酒好き】のみんなも呼んでいるんだって。一体何が目的なんだろうね？　一応グレンには何かない限り、殺気を放ったり威圧をしたりしないように念話で注意しておいた。

通された応接室はそこまで広くなかった。ソファに座って大人しく領主を待つ。十分経っても領主は現れず……三十分以上経ってからようやく姿を現した。自分が指定した時間なのに遅れてくるとか。こいつは時間にルーズらしい。

――ガチャッ。

「待たせたな」

（普通、ノックしない？）

入ってきた領主はドスドスと歩き、ドスーンと音を立てて私達の前のソファに座った。

おそらく、そこまで歳は食ってないんだろうけど、メタボ。いや、メタボなんて可愛いもんじゃなくてメタボン！　顔もテカテカとして全体的に脂ギッシュでいらっしゃる。服は派手で、いろんな装飾品が付いている。キラキラと言うよりはギラギラ。全くもって似合っていない。この世界では今まで見たことがないくらいのブサメンだ。例えるなら……アフリカウシガエルだろうか？　ウシガエルの中でも一番ブサイクと言われている……

（この世界ってブサイクはいないのかと思ってたよ）

大体イケメンか美女。普通の人もいて、モブな私的には親しみやすい。強面《コワモテ》のヤーさんは優しかった。

「キミか……」

（うっ⁉　こいつ口臭がヒドすぎる！）

テーブルを挟んでいるのにわかるくらいのドブ臭《くさ》さ……そして遅刻を謝らないのかよ！

「面倒な挨拶はなしにしようじゃないか。ふんふん。まぁいい。ご苦労だったな」

領主は私を上から下までジロジロ見てくる。ナメクジが這い回るような感覚に陥りながらも、私は必死に平常を装っていた。

（臭《くさ》さと気持ち悪さのダブルパンチ！　ひぃぃ！　身を乗り出さないでよ！　臭《くさ》いんだって！）

嫌がっているのがわかったのか、抱き寄せてくれるグレンに安心する。

「……何故、【酒好き】の冒険者パーティと我々が別行動なのか聞いてもよろしいか？　そして病み上がりの少女を呼び出すのはいかがなものかと思うのですが」

そう問うブラン団長はいつもよりも改まった口調だった。

「何。早い方がいいだろうという私の優しさだよ。別で呼んだところでなんの問題もないだろう？　みなに個別で、私自ら挨拶をしてやってるんだ。それにこの後のパーティーでは一緒になる。些細《ささい》なことだろう」

「……そうですか」

偉そうな態度の領主にも変わらず無表情で接するブラン団長。立場的に領主の方が上なんだろうか？　丁寧ではあるものの、若干のトゲを感じるよね。

「そろそろパーティー会場に向かおうか」

そう言った領主は重そうに動き出した。先頭に領主、続いてブラン団長とフレディ副隊長、グレンに抱っこされた私の後ろにパブロさんだ。

（ブラン団長もだけど、パブロさんもフレディ副隊長もここに来てから雰囲気がいつもと違うんだよね。お仕事モードかな？）

途中で領主は用があるとかで、案内が執事さんに代わった。ひぃひぃ言ってたから歩き疲れただけなんじゃないだろうか……

パーティー会場は広く、【酒好き】のみんなはもちろん、別エリアの討伐隊や多くの貴族までいた。立食パーティーらしく、テーブルの上には飲み物や食べ物が載っていて、参加者達はトングで自分のお皿に盛り付けて食べている。

私達が入るとジロジロと見られて居心地が悪い。声はよく聞こえないけど、こちらを見ながら何か話しているのがわかった。

抱っこから降ろしてもらって、私はグレンの服を掴む。ここにある食べ物や飲み物は何が入ってるかわからないし、私達は食べないでおこう。

ブラン団長達が貴族に話しかけられて挨拶しているのを横目に、壁の方に避難して視線から逃げる。そんな私のところに【酒好き】のみんなが来てくれた。心配してくれていたみたいで、体調が戻ってよかったと口々に言われた。グレンの首元を見たフィズィさんが「本当に従魔にしたんだな……」と呟いていた。若干引いた雰囲気なのは気のせいかな？　【酒好き】のみんなも領主は好きじゃないらしい。成金趣味で根性が汚いんだって。早く帰りたいね～と話していると、マイクを通したような声がホールに響いた。

「本日は我が屋敷にお集まりいただき感謝する。精鋭の討伐隊の活躍により、我が街への脅威は去った。討伐隊に参加した者達に拍手を！」

マイクの声が高らかに言うと、参加している貴族達がパチパチと雑に拍手を送る。

「本日もう一つ知らせがある。活躍した中に冒険者の少女がいる。この少女は当家に仕えることとなった。ドラゴンを従魔にして、ムレナバイパーサーペントを一人で倒した少女がいれば我が街は安全だ！　我が息子の婚約者とするには身分がないのでな……愛妾としてやろう」

は？　何言ってんの？　頭おかしいんじゃない？

会場にいる貴族はザワザワとし始めた。〝ドラゴン〟、〝従魔〟、〝ムレナバイパーサーペント〟って単語が聞こえてくる。そんなことより最後のセリフの方が問題だよ!!

クラオル達は殺気立ち、グレンは怒りを滲《にじ》ませていて、外からは雷雨の音が聞こえ始めた。

「本当か？」

「まさか！　さっき応接室で少し会ったけど、私一言も喋ってないし、そんな話題すら出てないよ。ジロジロ見られただけ」

「ありえねぇな」

「信じらんない」

「ゴミね」

フィズィさんの言葉をブンブンと手を振って否定すると、ブルインさん、フクスさん、エルフェルンさんが侮蔑《ぶべつ》の表情を浮かべた。

〈セナ、これは緊急事態というやつじゃないのか？　いいだろ？　我《われ》は我慢したぞ〉

「え、待って、待って待って。ちょっと考えさせて。もうちょっと抑えてて。クラオル達も」

〈セーナー〉

『主様ァ？』

「もうちょっと、もうちょっとだから」

グレンとクラオルはそれはそれは不満そうにしながらも頷いた。

これ以上グレンが怒ったら気絶者が続出して、パニックになるかもしれない。

外は風が強くなり、雨が窓を叩き付けているし、ピカーンと光ってはゴロゴロと雷が鳴っている。

（どうしようかな……グレンを影に入れたら後ですごい怒りそうだし……バックレてもいいんだけど、それだとブラン団長達が大変になっちゃうか……あ。グレンが人型のまま暴れるなら大丈夫かな？　私はアレには近付きたくないんだよね。臭《くさ》くて生理的に無理）

「……ならん！」

つらつらと考えていると、突如としてブラン団長の声が響いた。マイクを使っていないのに、この場にいる参加者全員の注意を引くほどの音量だ。

「……そのような事実はない！　同席していた我々騎士団が証言する！　アヴァール・グリーディ辺境侯爵。公費の虚偽の申告及び冒険者ギルドへの私的介入の罪で王命により王都に連行させてもらう！」

ブラン団長は怒りを滲《にじ》ませながらも、毅然《きぜん》とした態度で何かの書類らしき紙を片手で上げ、言い放つ。それと同時に騎士団がなだれ込んできた。

——パンパン！

フレディ副隊長が手を叩き、ザワついた貴族達を抑える。

「第一騎士団、あなた方も秘匿情報漏洩《ろうえい》の嫌疑がかかっています。第三騎士団は辺境侯爵及び親族を。第四騎士団は第一騎士団を捕らえてください」

フレディ副隊長が言うと、各騎士団が即刻行動を開始した。

第一騎士団らしき四人は暴れているものの、ガタイのいい第四騎士団が確実に捕らえていく。

(暴れるかバックレるか考えてたけど、特に何もしないで終わっちゃった)

「なんか大事《おおごと》になったな……」

「そうねぇ。どういたぶってやろうかと考えてたけど、セナちゃんに害が及ばなそうだしいいんじゃないかしら？　あのゴミカス野郎が捕まるなら万々歳《ばんばんざい》だわ」

フィズィさんの呟きにフクスさんが笑って吐き捨てた。

領主と第一騎士団が連行されていき、残ったのは貴族と私達だけ。貴族達もしばらくはザワザワとしていたものの、騎士団の人達に促され、バラバラと帰っていった。

一連を見守っていたブラン団長が私の傍にやってくる。

「……セナ。すまないが、一緒に王都まで来てもらいたい」

「え!?」

「王が謝罪をしたいらしい。急だが、罪人を連れていくため出発は明日だ」

「えぇ⁉」

（マジかよ！　ガルドさん達を捜しに行けないじゃん！）

「……すまない。だが、これも王命なんだ。領主を捕まえるために少々強引に進めたら条件として出されてしまった。すまない」

本当に申し訳なさそうに眉を下げ、肩を落としたブラン団長が言う。ブラン団長の隣にいるフレディ副隊長も似たような顔をしていた。ちなみに、パブロさんは暴れた第一騎士団の連行に付いていったため、ここにはいない。

「えぇ……私、恩人を捜したいのに……」

「……すまない」

私が領主に囲われないようにってしてくれたんだろうけど……王都で王様に会うまでセットのテンプレは勘弁してほしい。呼び出しはブラン団長のせいじゃないのはわかる。強引に進めたってことは、私を守るために領主を捕まえなきゃいけなかったんだろう。王命なら仕方ないか……ブラン団長の立場がなくなったら申し訳なさすぎる。

「むぅ……わかった。その王都までは何で向かって、何日かかるの？」

「……主要人物三人の移送も兼ねていて、魔馬車で二週間ほどだ。その他の犯罪者は後続隊で大所帯となる。セナには護衛依頼として頼むが、病み上がりだし、馬車で寛《くつろ》いでいてくれて構わない。もちろん夜の見張りもしなくていい」

「わかった」

普通じゃありえないくらいの高待遇だろう。護衛依頼ってことは報酬が出る。でも何もしなくていいっていうのは、きっとブラン団長達の優しさだ。

「ブラン団長、フレディ副隊長。今ここにいないけどパブロさんも……助けてくれてありがとう」

私のために動いていてくれていた二人に頭を下げる。

「……王都に行くことになってすまない。だが、領主に囲われずに済み、ホッとしている」

「セナさんが巻き込まれないようにと思っていたのですが、コチラが巻き込んでしまい申し訳ありません。ですが私もセナさんをアレから守りたかったので安堵しています」

二人の優しさにギュッと足に抱きつくと頭を撫でてくれた。

ブラン団長、フレディ副隊長、【酒好き】のパーティ、みんな一緒に領主宅を出るために歩き出すと、玄関周辺に第二騎士団の隊員達がいた。これから家宅捜索&使用人の聴取をするんだって。

みんなに手を振って「ありがとう。お仕事頑張ってね」と声をかけてから馬車に乗り込む。騎士団の人達は笑顔で手を振り返してくれた。私達が領主宅を出るころには雷雨はやんでいて、さっきまでの荒天が嘘のように晴れ渡っていた。なんだったんだろうか？

馬車でギルドに着き、護衛の指名依頼を受ける。討伐隊の報酬は王様からもらうそうで、ギルドカードには依頼達成済みとだけしてくれた。王様から報酬をもらったら王都のギルドでまた手続きが必要らしい。

（面倒だなぁ……）

買い物がしたいからとみんなと別れて食材エリアに向かう。雨上がりの道をグレンと並んで歩く。

少しひんやりとはしているものの、雨上がりの空気は気持ちいい。

食材が増えてたから特に買うものはないんだけど……どうしようかな？

（あれ？　そういえば朝まではいたのにストーカーがいなくなったな。ブラン団長達騎士団が捕まえてくれたのかも）

なんて考えていると、八百屋さんに山のように積まれているさつまいもが目に入った。

んん？　さすがに多すぎない？

気になって八百屋のおじさんに聞いてみると、知り合いの農家がさつまいもが穫れすぎて困っていて、安くてもいいから売りさばきたいってことらしい。

それを聞いた私はいいことを思い付いたので、あるだけ買い占めることにした。おじさんは驚きながらも大喜び。オマケにたくさんのフルーツをくれた。

八百屋を後にした私達は気になったものを買って歩く。ついでにデタリヨ商会にも寄って、街を出ることをご報告しておいた。転移でブラン団長達に会いに来るつもりだから、多分また来ることになると思うんだけどね。

最後は魔女おばあちゃんのお店。いつも開いてたのに今日は閉まっていた。残念。困ったときのエスパーおばあちゃんに挨拶したかった。

ゆっくりと街を眺めながら歩き、夜ご飯のタイミングで宿に帰る。夜ご飯を食べて、女将さんに明日出発することを伝えると、残りの日数分を精算してくれた。

夜、宿の部屋に戻った私達は今後について相談。ブラン団長達のためだとわかってはいるものの、やっぱり王様に会うのは気が進まない。ブチブチと不満を口にする私に、クラオル経由でガイ兄《にい》から連絡が入った。

「ガルド達のこともいいけど、せっかくこの世界に来たんだから、もっとセナさんに楽しんでほしいな。ガルド達は元気に依頼を受けているから大丈夫。焦らないでゆっくりでいいんだよ。まだわからないことだらけでしょう？　エルミス、プルトン、ポラル、グレン、この子達も人里に慣れさせた方がいい。それに、カリダの街よりも王都の方が品揃えもいいから、きっとセナさんが気に入るものもあると思う。楽しむ方向にシフトするのはどうかな？」

ってことだった。いいこと言ってるっぽいけど、本心は後半に集中している気がする。確かに仲間が増えてからあまり買い物にも行っていない。

〈神が言うなら新しいものが食べられそうだな！〉

《そうだな。それに、行って嫌なやつならすぐ出ればいい。グレンなら主《あるじ》一人抱えて飛ぶくらい造作もないだろう？》

〈うむ！　それくらい構わんぞ。楽しみだな！〉

グレンが料理にしか興味がなくて笑ってしまう。エルミスが言っていたこともできなくはない。まぁおそらく、ブラン団長が気を回してくれると思うんだよね。何故って？　理由はもちろん過保護だから。

「そうだね。開き直って王都を楽しもう！」

ガイ兄《にい》の言う通り、王都で私は世界に、みんなは人里に、少しでも慣れておきたい。どうせなら楽しんだもん勝ちだ。観光して、お仕事して、遊んで、好きなだけいろんなものを作って……気長にいこう。うん、楽しみになってきた。

気分が浮上した私はみんなに声をかけてベッドに横になった。余談だけど、結局今日もグレンは寝袋だった。

転生したら、
なんか頼られるんですが
1~3
Nekozuki Haru
著 猫月晴
限界突破な神の加護で、今世は頼られまくり！
でもやりすぎて、異世界変革してました…
無自覚・天才少年は
やることなすこと規格外！
コミカライズ
大好評連載中！
仕事帰りにトラックに撥ねられて、命を落としてしまった会社員の江崎塁《えざきるい》。けれど目が覚めるとそこは異世界で、おまけに愛らしい3歳児・エルになっていた！　社畜として馬車馬のように働く毎日から一変、優しい家族に囲まれ、楽しく賑やかな日々がスタート。超効能ポーションを作ったり、即席で魔法を創造したり……時たま起こるトラブルも、前世の知識でサクッと解決！　――って、あれ？　ちょっとやりすぎた？　気がつけば家族からも友人からも頼られて、次々に規格外なことをしでかしてしまい……この世界の普通ってなんですか!?　最強少年が繰り広げる、異世界爽快ファンタジー！
●各定価：1320円（10％税込）　●illustration：たてじまうり
この世界の普通、教えてください…（汗）最強少年の超・爽快ファンタジー！
1～3巻好評発売中！

四十路のおっさん、神様からチート能力《スキル》を9個もらう

霧兎
KIRITO

1~5

9個のチート能力《スキル》で、
異世界の美味い物を食べまくる!?

オークも、
巨大イカも、ドラゴンも
意外と美味い!?

おっさん(42歳)
魔物グルメを極める!

気ままなおっさんの異世界ぶらりファンタジー、開幕!

コミックス
1～2巻
好評発売中!

全5巻好評発売中!

神様のミスで異世界転生し、チートスキル9個を与えられた四十路のおっさん、憲《のり》人《と》。聖獣フェンリルと大精霊をお供に、この世界でしか味わえない魔物グルメを楽しむ旅をするも、そのチートすぎるスキルが災いして彼を利用しようとする者達によって、穏やかな生活が乱されてしまう!? 四十路のおっさんが、魔物グルメを求めて異世界を駆け巡る!

◆各定価:本体1320円(10%税込)　◆Illustration:蓮禾

◉各定価:748円(10%税込)
◉漫画:鈴木 魚　◉B6判

この作品に対する皆様のご意見・ご感想をお待ちしております。
おハガキ・お手紙は以下の宛先にお送りください。

【宛先】
〒150-6008 東京都渋谷区恵比寿 4-20-3 恵比寿ｶﾞｰﾃﾞﾝﾌﾟﾚｲｽﾀﾜｰ 8F
（株）アルファポリス　書籍感想係

メールフォームでのご意見・ご感想は右のＱＲコードから、
あるいは以下のワードで検索をかけてください。

アルファポリス　書籍の感想　検索

ご感想はこちらから

本書は、「アルファポリス」（https://www.alphapolis.co.jp/）に掲載されていたものを、
改題、改稿、加筆のうえ、書籍化したものです。

転生幼女《てんせいようじょ》はお詫《わ》びチートで異世界《いせかい》ごーいんぐまいうぇい3

高木 コン（たかぎ こん）

2023年 5月31日初版発行

編集－反田理美
編集長－倉持真理
発行者－梶本雄介
発行所－株式会社アルファポリス
〒150-6008 東京都渋谷区恵比寿4-20-3 恵比寿ｶﾞｰﾃﾞﾝﾌﾟﾚｲｽﾀﾜｰ8F
TEL 03-6277-1601（営業）　03-6277-1602（編集）
URL https://www.alphapolis.co.jp/
発売元－株式会社星雲社（共同出版社・流通責任出版社）
〒112-0005東京都文京区水道1-3-30
TEL 03-3868-3275
装丁・本文イラスト－キャナリーヌ
装丁デザイン－AFTERGLOW
印刷－中央精版印刷株式会社

ISBN978-4-434-32048-4　C0093